职业操作技能实训系列教程

U0141115

焊工技能实训

张红兵　编著

徐光远　李盛刚　李　兵　参编

電子工業出版社

Publishing House of Electronics Industry

北京 · BEIJING

内 容 简 介

全书内容包括焊接基础知识、气割与气焊、焊条电弧焊、气体保护焊、电阻焊、钎焊共 6 章。

本书适合作为材料类焊接操作方面的职业培训、本科、高职和职业中专的机械类专业焊接技能实训教材，也可供从事焊接的科研、工程技术人员参考。

未经许可，不得以任何方式复制或抄袭本书之部分或全部内容。

版权所有，侵权必究。

图书在版编目（CIP）数据

焊工技能实训 / 张红兵编著. —北京：电子工业出版社，2008.10
（职业操作技能实训系列教程）
ISBN 978-7-121-07454-7

Ⅰ．焊…　Ⅱ．张…　Ⅲ．焊接－教材　Ⅳ.TG4

中国版本图书馆 CIP 数据核字（2008）第 150572 号

策划编辑：李　洁（lijie@phei.com.cn）
责任编辑：刘真平
印　　刷：北京市顺义兴华印刷厂
装　　订：三河市双峰印刷装订有限公司
出版发行：电子工业出版社
　　　　　北京市海淀区万寿路 173 信箱　邮编：100036
开　　本：787×1 092　1/16　印张：8.75　字数：224 千字
印　　次：2008 年 10 月第 1 次印刷
印　　数：4 000 册　定价：18.00 元

凡所购买电子工业出版社图书有缺损问题，请向购买书店调换。若书店售缺，请与本社发行部联系，联系及邮购电话：(010) 88254888。

质量投诉请发邮件至 zlts@phei.com.cn，盗版侵权举报请发邮件至 dbqq@phei.com.cn。

服务热线：(010) 88258888。

编　委　会

前　言

随着我国装备制造业的大力发展，焊接用钢占我国用钢总量的比例不断提高。焊接技术越来越成为机械工业设备升级和提高性价比的首选技术。焊接技术的普及和发展，需要大批高素质的焊接工艺人员和焊工。全国许多院校纷纷设置了焊接专业。在焊接专业的课程中，焊接技能实训环节尤为重要，但目前还没有适合焊接生产性实训和顶岗实习的实训教材，在很大程度上影响了焊接技能实训的效果。

本书是我校工业实训中心多年从事焊接技能实训的经验总结，集中体现了本中心注重实际应用能力培养的教学特点。全书以焊接技能综合实训为目标，从焊接工艺的分析、操作要点掌握、基本技能训练，到综合能力训练，以典型零件的工艺分析和操作要点为重点，既强调了实际加工训练，又具有很强的可操作性。全书综合性、实践性强，通过大量的综合实例，使各章节联系紧密。

本书适合作为材料类焊接操作方面的职业培训，本科、高职和职业中专的机械类专业焊接技能实训教材，也可供从事焊接的科研、工程技术人员参考。

本书由沈阳职业技术学院焊接技术教研室和工业实训中心的部分老师合作编写。全书主要由张红兵编写并统稿。参加编写的还有徐光远、李盛刚、李兵等。这些老师大多数都参加过全国及辽宁省各类焊接技能大赛并取得过优异成绩，多名老师曾荣获"沈阳市技术标兵"、"辽宁省技术革新能手"等称号。他们从事焊接加工技术实践与教学多年，实践经验丰富。朱宇新老师还认真校阅了全书，并提出了许多宝贵意见和建议，在此谨致谢意。

本书在编写过程中，还得到了唐迎春、王坤、祝溪明、吴爽、唐海波、顾园的大力关心、支持和帮助，在此特向他们表示感谢。

由于编者水平有限，书中难免存在一些缺点，恳请读者批评指正。

编　者
2008 年 8 月

目　录

第1章　焊接基础知识

本章从焊接现场入手，介绍焊接技能实训必备的基本知识，并以最基本的板、管等典型部件焊接施工为载体，进行识读施工图、安全操作规程及焊接结构工艺性分析的实训。

学习目标

- 了解焊接现场，能够知道焊接施工人员现场的基本工作和训练流程。
- 能较熟练识读焊接施工图，并掌握相关标注的意义。
- 能够在安全操作规程的规定下，进行实训。
- 掌握熔合比的概念，了解影响熔合比的因素。
- 了解基本焊接方法及焊接结构工艺性分析的主要内容。

1.1 焊接入门

1.1.1 焊接现场

我们所说的焊接现场分为校内实训现场和校外实习现场。焊接技能实训就在这两个现场进行。校内实训现场就是焊接实训室，校外实习现场就是企业的焊接或金属结构车间。

1. 校内实训现场

校内实训现场主要进行基本焊接技能训练和焊工职业资格认证。其训练流程为：

入现场，安全教育，实训内容讲解，着装检查，分组，操作演示，领料，备品检查，操作，教师指导，整理，教师总结，布置作业，出现场，如图1-1所示。

校内焊接实训以基本技能训练为主，生产环节辅助技能训练、配合教学。

2. 校外实习现场

校外实习现场有车间现场和野外安装现场，主要进行生产。实习配合生产，为生产服务，同时完成学习任务。其训练流程为生产流程。一般可以归结为四个环节，即选择材料、材料成形、装配和检验。如同做衣服，选择好各种面料，剪裁成所需形状，缝纫成衣服，质量检验，做机器、做饭都是如此，如图1-2所示。

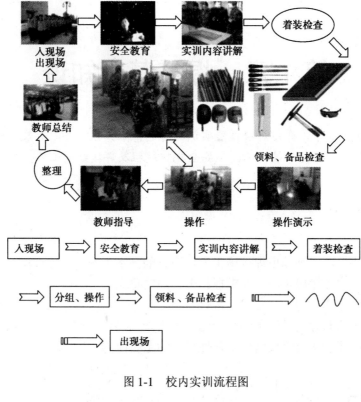

图 1-1　校内实训流程图

选择材料	⇒	材料成形	⇒	装　配	⇒	检　验
选择材料	⇒	零件成形	⇒	机器装配	⇒	机器检验
选择面料	⇒	剪裁成形	⇒	缝　纫	⇒	衣服检验

图 1-2　生产流程四个环节

在校外现场实习，学生具有双重角色，既是工人又是学生；既要完成生产任务，又要完成学习任务。即便改行做其他工种或工作，这个流程、这种角色分配也都是适用的。

1.1.2　焊接施工

进入了焊接现场，就要进行焊接施工。下面看一张弯管焊接施工图，如图 3-1 所示。

这是一个带两个法兰的弯管焊接施工图。那么焊工的工作是什么呢？就是将图中圆圈标注的环形角焊缝焊出来。这个焊缝有两道。

识读焊接装配图的方法和步骤如下。

1. 标题栏

标题栏要说明这是什么零件或组件，各零件是什么材料。图 1-3 所示就是由两个法兰和一个接管组成的组件，材料为 Q235。

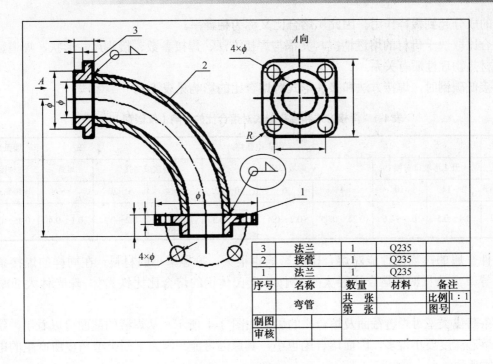

3	法兰	1	Q235	
2	接管	1	Q235	
1	法兰	1	Q235	
序号	名称	数量	材料	备注
	弯管	共　张		比例 1：1
		第　张		图号
制图				
审核				

图 1-3　弯管焊接施工图

2．技术要求

技术要求要说明用什么方法连接、连接精度。图 1-3 中没有要求各连接精度。

3．分离出零件

这是一个带两个法兰的弯管，要分离出两个法兰、一个弯管，看它们各有什么技术要求。

1.1.3　焊缝金属的熔合比

焊接图 1-3 所示弯管的焊接材料，可以选择 E4303（J422）。但如果法兰材料是 Q235，接管材料是 304 不锈钢，则选择 E4303（J422）就不太合适。因为这时要考虑熔合比。熔合比是焊工在焊接操作时必须清楚的概念。

熔化极电弧焊时，填充金属与熔化的被焊金属组成比例决定了焊缝的成分。熔焊时，被熔化的母材在焊缝金属中所占有的百分比，用 θ 表示。

$$\theta = \frac{A_m}{A_H + A_m}$$

式中　θ——熔合比；

A_m——焊缝截面中母材所占的面积（即熔透面积）；

A_H——焊缝截面积中焊条金属所占面积。

熔合比又具有熔透的含义。在实际生产中，母材与焊芯（或焊丝）的成分往往不同，当焊缝金属中的合金元素主要来自于焊芯（如异种钢焊接或合金堆焊）时，局部熔化的母材将对焊缝的成分起到稀释作用。因此，熔合比又称为稀释率。

熔合比取决于母材的熔透情况，又都与焊接方法、焊接参数、接头尺寸形状、焊道数目以及母材热物理性质有关系。

焊接低碳钢时，焊接方法和接头形式对熔合比的影响见表 1-1。

表 1-1　焊接方法和接头形式对熔合比的影响（低碳钢）

焊接方法	焊条电弧焊								埋弧焊
接头形式	开 I 形坡口对接		V 形坡口对接			角接或搭接		堆焊	对接
板厚（mm）	2~14	10	4	6	10~20	2~4	5~20	—	10~30
熔合比 θ	0.4~0.5	0.5~0.6	0.25~0.05	0.2~0.4	0.2~0.3	0.3~0.4	0.2~0.3	0.1~0.4	0.45~0.75

焊件金属的热物理性能对熔合比的影响也很大。热导率小的材料，在同样的焊接条件下比热导率大的材料的熔合比要大些。例如，奥氏体钢的熔合比比铁素体-珠光体大 20%~30%。

焊条药皮类型对焊缝截面及熔合比的影响如图 1-4 所示。从焊缝的截面可以看出，钛型焊条的熔透深度要小得多，因而熔合比也小，其原因可能是因为不同类型药皮所产生的电弧吹力不同所致。

对于图 1-3 所用的焊接材料，如果选择了 A102 或 A302，焊条电弧焊是可以的。其他焊接方法是否可以呢？若给出不同的管壁厚度，则焊接方法也不同。

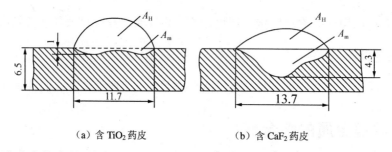

（a）含 TiO_2 药皮　　　　　　　　　（b）含 CaF_2 药皮

图 1-4　焊条药皮类型对焊缝截面及熔合比的影响（焊芯为 H0Cr19Ni9Ti，直径 5mm 直流反接）

1.2　焊接方法与常用工具

1.2.1　焊接方法分类

目前，在工业生产中应用的焊接方法已达百余种，但在焊接现场，只有主要的几种焊接设备。掌握几种主要的设备及其操作即可。焊接方法分为熔焊、压焊和钎焊三大类，每大类又可按不同的方法细分为若干小类，如图 1-5 所示。

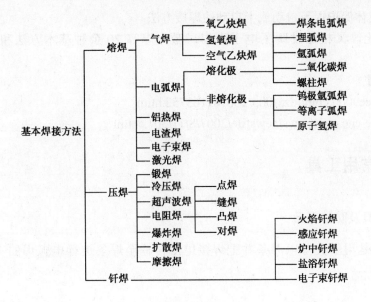

图 1-5　焊接方法的分类图示

1. 熔焊

将待焊处的母材金属熔化以形成焊缝的焊接方法称为熔焊。它又可分为：电弧焊、气焊、铝热焊、电渣焊、电子束焊、激光焊等，其中电弧焊和气焊是最常用的焊接方法。

2. 压焊

焊接过程中，必须对焊件施加压力（加热或不加热），以完成焊接的方法称为压焊。按所施加焊接能量的不同，压焊的基本方法可分为：电阻焊、摩擦焊、超声波焊、扩散焊、冷压焊、爆炸焊和锻焊等，其中电阻焊是常用的方法。

3. 钎焊

采用比母材熔点低的金属材料作为钎料，将焊件和钎料加热到高于钎料熔点，低于母材熔化温度，利用液态钎料润湿母材，填充接头间隙并与母材相互扩散实现连接焊件的焊接方法称为钎焊。

1.2.2　焊接方法的发展

据记载，春秋战国时期，我们的祖先已经懂得以黄泥作为助熔剂，用加热锻打的方法把两块金属连接在一起。到公元 7 世纪唐代时，已应用锡钎焊和银钎焊来焊接了，这比欧洲国家要早 10 个世纪。

1885 年发现了气体放电的电弧；

1886 年发明电阻焊；

1930 年发明了涂药焊条电弧焊方法，以后又出现了埋弧焊、钨极氩弧焊、熔化极氩弧焊以及二氧化碳气体保护焊等自动或半自动的焊接方法；

到目前为止，又相继发明了电子束焊、激光焊等 20 余种基本方法和成百种派生方法。

【参考网站】

http://www.ec9000.com/jdzx/003/200781163752.html

http://www.c-cnc.com/news/newsfile/2007/8/11/301.shtml

1.2.3　常用工具

1. 焊接工具及防护用品

①　电焊钳是用于夹持电焊条并把焊接电流传输至焊条进行电弧焊的工具，如图 1-6 所示。

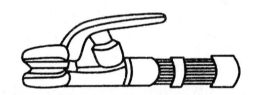

图 1-6　电焊钳

②　焊接电缆线是用于传输电焊机、电焊钳及焊条之间焊接电流的导线。

③　面罩是防止焊接时的飞溅、弧光及熔池和焊件的高温对焊工面部及颈部灼伤的一种遮蔽工具，有手持式和头戴式两种，如图 1-7 和图 1-8 所示。其正面开有长方形孔，内嵌白色玻璃和黑色滤光玻璃，四周不能漏光。

图 1-7　手持式电焊面罩　　　　　　图 1-8　头戴式电焊面罩

2. 辅助工具及主要检测工具

①　其他辅助工具，如敲渣锤、錾子、锉刀、钢丝刷、焊条烘干箱、焊条保温筒等。

②　焊缝检测尺，用以测量焊前焊件的坡口角度、装配间隙、错边及焊后焊缝的余高、焊缝宽度和角焊缝焊脚的高度和厚度等。测量用法举例见图 1-9～图 1-14。

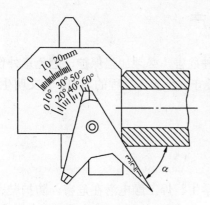

图 1-9　测量管子坡口角度

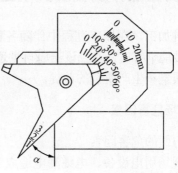

图 1-10　测量钢板坡口角度

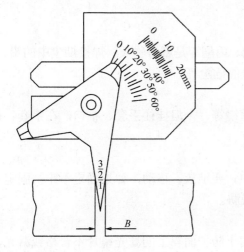

图 1-11　测量装配间隙

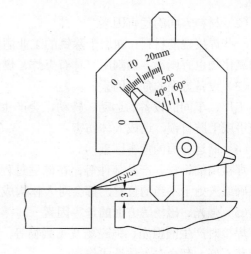

图 1-12　测量焊件错边

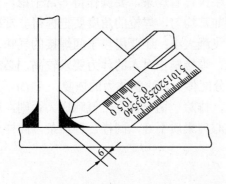

图 1-13　测量角焊缝厚度

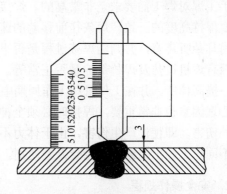

图 1-14　测量焊缝余高

1.2.4　安全操作规程及文明生产

焊接属特种加工，在加工过程中伴随各种危害，必须加强保护，避免意外伤害。在校内进行基本焊接技能训练时，就应该养成自觉遵守安全操作规程的习惯，为文明生产打下基础。这是保证学习质量和生产质量的前提。

1. 焊接现场危害因素

（1）用电方面的危害因素

电焊机等现场用电设备、电缆漏电造成学生、焊工触电潜在危害。防护鞋、手套是必备的防护用品。在有积水的地面焊接切割时，焊工应穿经过 6 000V 耐压试验合格的防水橡胶鞋。由于高压触电瞬间可以致命，必须注意。维护焊机或在焊接时调整电流，必须断电以后才能进行。

（2）材料方面的危害因素

一些焊接辅助材料，如用于除锈的工业酒精、丙酮等是剧毒物质；焊接烟尘中的铅、锌、锰的氧化物也有剧毒；切割用气体有爆炸、燃烧的危险等。

（3）设备方面的危害因素

工厂、车间的设备的运动、转动，会产生缠绕等，一但挂住手套、袖口，在手套、袖口会与手或上肢自锁，造成人体伤害。

（4）储运方面的危害因素

焊接用的钢材、产品部件等，在储运过程中，要堆放、移动，如果固定不牢，固定方法不正确或人处于不当的位置，都会对人体构成威胁。

（5）强光、磁场等方面的危害因素

焊接时产生的强光、强磁场及飞溅物等，由于防护面罩上的滤光镜片不合格或漏光，磁场屏蔽不好，都会对人体造成伤害。

（6）体力及心理方面的危害因素

手工焊对焊工的要求是非常高的。焊接时，手操作着焊条，要操作得非常平稳，使它的弧长要保持高度的一致，焊条往前移动的速度要非常均匀，焊枪的角度要把握得非常准确；还要用耳朵听声音，并判断焊接过程是否平稳，飞溅大小；还要用鼻子闻焊接的气味，并判断是否有焊机过热及焊缝保护是否正常等。因此，焊接操作对人的体力要求较高，必须锻炼身体，提高体能，并在工作日和工作周期中合理分配体力，注意体力的恢复。

心理因素也非常重要，焊接时必须全神贯注，排除一切干扰，一气呵成。否则，就会造成意外伤害。即使没产生伤害，由于体力不支或心理素质不好，同样一种焊条，同样一种材料，不同焊工焊出的结果可能会天差地别。

2. 安全操作规程

执行安全操作规程是焊工安全的保证，也是焊接质量的保证。根据基本焊接技能实训要求，必须注重手弧焊安全操作规程和气焊、气割安全操作规程。

（1）手弧焊安全操作规程

①　工作前应检查线路各连接点及焊机外壳接地是否良好，防止因接触不良发热而损坏设备。

②　操作时做好防护措施。必须穿好绝缘鞋，戴好面罩、手套等防护用品。

③　严禁在焊接时调节电流或拉闸。

④　加强通风，头部不能处于熔池的正上方（下排烟除外），防止焊接烟尘危害人体呼吸器官。

⑤　不准赤手接触焊接后的焊件，应用火钳夹持翻动焊件。

⑥　防止将电焊钳搁置在工作台上，造成短路。

⑦　发现焊机出现异常时，应立即停止工作，切断电源，并及时向指导教师报告。

⑧　清渣时要注意清渣方向，防止伤害他人和自己。

⑨　操作完毕或检查焊机时，必须切断电源。

⑩　下课（班）时，整理工具及材料，搞好清理工作。

（2）气焊、气割安全操作规程

①　焊前应检查焊炬、割炬的射吸力，焊嘴、割嘴是否堵塞，胶管是否漏气等。

②　氧气瓶与乙炔瓶要分开、安全、稳定摆放。严禁油污，不得随意搬动。

③　严格按操作顺序点火：先开乙炔，后开氧气，再点火。

④　严禁在氧气阀和乙炔阀同时开启时，用手或其他物体堵塞焊嘴、割嘴，严禁用已燃火炬放在工件上或对准他人、胶管等易燃物品。

⑤　不用手接触被焊工件和焊丝的焊接端，以免烫伤。

⑥　气焊熄灭时，先关乙炔后关氧气以免回火。如发现回火，应立即关闭氧气、乙炔，并报告指导老师。注意阀门的旋转方向。

⑦　不能将炽热件压在输气胶管上或木材等易燃物上。

⑧　下课（班）时，整理好工具及物件，搞好清理工作。

1.3　焊接结构与工程基本知识

1.3.1　典型焊接结构分析

典型焊接结构是指容器结构、框架结构及船体结构等。其工艺过程各具特点，结构分析应从保证技术条件的要求和采用先进工艺的可能性两个方面进行。

1. 保证产品技术条件的各项要求

这是编制工艺规程最起码的要求。首先对产品的结构特点和工艺特点进行研究，估计出生产过程中可能遇到的困难；其次要抓住与技术条件所规定的要求有密切关系的那些工序。

以桥式起重机桥架结构为例，见图 1-15。在其技术条件中，对其外形尺寸有较高的要求，其结构特点是外形尺寸大，腹板一般采用较薄的钢板，而且焊缝分布不对称。因此，可以判定焊接应力与变形是焊接桥架结构的关键，也是工艺分析的主要对象。

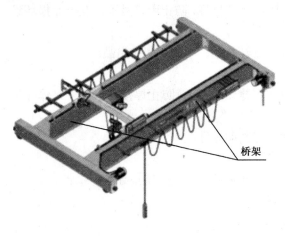

图 1-15　桥式起重机桥架结构

焊接结构的技术条件，一般可归纳为获得优质的焊接接头和获得准确的外形尺寸两个方面。

（1）保证获得优质的焊接接头

优质的焊接接头主要表现在焊接接头的性能应符合设计要求和焊接缺陷应控制在规定范围之内两个方面。一般来说，影响焊接接头质量的主要因素有以下几方面。

① 焊接方法的影响。不同焊接方法的热源具有不同的性质，它们对焊接接头质量有着不同的影响。在进行工艺分析时，这些都是选择工艺方法和确定相应措施的依据。

② 材料成分和性能的影响。在焊接热作用下，母材与焊缝金属中发生了相变与组织变化，在熔化金属中进行着冶金反应，所有这些都将影响着焊接接头的各种性能。

③ 结构形式的影响。在刚度非常大的接头处，由于应力很大或冷却速度大，都将产生裂纹。有时在接头某一个方向上散热不好，也会产生严重的咬边，降低焊接接头的动载强度。

影响焊接接头质量的因素很多。但这些因素不是单一存在的，而是相互作用，错综复杂。在分析接头质量时，既要考虑如何获得优质的焊缝，又要考虑不同工作条件下对结构所提出的技术要求。

（2）保证获得准确的外形尺寸

为确保技术条件的要求，必须考虑以下两个方面的影响。

① 考虑结构因素的影响。根据结构的刚度大小和焊缝分布，分析焊后每条焊缝可能引起焊接变形的方向及大小，找出对技术条件最不利的那些焊缝。

② 采用适当的工艺措施。考虑如何安排装配、焊接顺序，才能防止和减小焊接应力与变形。在此基础上考虑焊接方法、焊接参数、焊接方向的影响，采用反变形法或刚性固定法等措施。

2．采用先进工艺的可能性

在进行工艺分析的过程中，首先应分析使用先进技术的可行性。采用先进技术，可大大简化工序，缩短生产周期，提高质量。

（1）工艺方法分析

同一个结构可以用几种工艺方法，若其中有一种工艺方法相对的生产率高而且焊接质量好，同时对其他生产环节也无不利的影响，工人劳动条件也好，就可以说这种方法就是先进的焊接工艺方法。例如，某厂高压锅炉的炉筒纵缝焊接，筒体材料为 20G，壁厚为 90mm，如图 1-16 所示。

纵缝可以用多种方法来焊接，现在讨论多层埋弧焊与电渣焊的效果。

① 用电渣焊代替多层埋弧焊以后，大约 50% 的工序得到取消或简化，在生产过程中完全取消了机械加工等其他工序，使生产过程大为简化。

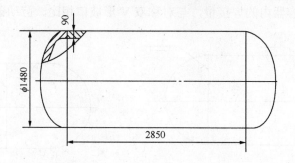

图 1-16　高压锅炉炉筒

② 从两种工艺方法的生产率来比较，多层埋弧焊的机动时间为 100%，电渣焊完成同样长度焊缝的机动时间为 44%。

③ 从焊缝质量来比较，获得优良焊缝的稳定程度，电渣焊比多层埋弧焊要大。生产经验证明，在汽包制造中，电渣焊的返修率仅为 5%，而多层埋弧焊的返修率为 15%～20%。

④ 技术经济指标也说明了电渣焊的优越性。

某锅炉厂在制造高压汽包的生产中，用电渣焊代替多层埋弧焊后，使生产率提高了 1 倍，成本降低了 25%左右。

（2）工艺方案对比

实现机械化与自动化焊接生产水平，可提高劳动生产率、产品质量，改善工人劳动条件。如果产品的种类具有相似性，工装设备具有通用性，则可以先进行方案对比，再作出选择。

（3）创造性地采用全新工艺过程

在进行工艺分析时，应当创造性地采用全新的工艺过程。有些产品只要结构形式稍加改变，工艺过程就变化很大，可明显提高产品质量及生产率，机械化与自动化水平也提高了。因此，可以说这就是先进的工艺过程。先进工艺过程的采用，往往是从改进产品结构形式或某些接头形式开始的。

例如，小型受压容器常见的结构形式如图 1-17 所示，工作压力为 1.6MPa，壁厚为 3～5mm，它由两个压制的椭圆封头和一个圆筒节组成，用一条纵焊缝和两条环焊缝焊成。对于单件、小批量生产来说，这种结构形式是合理的。它的主要工艺过程是：

压制椭圆封头→滚圆筒节→纵焊缝装配→焊接两条环焊缝

这种工艺过程的优点是封头压制容易，省模具费；其缺点是工序多，焊缝多，需要滚圆设备，装配也麻烦。在产量大的时候就不宜采用上述的工艺过程，可将容器改成图 1-18 所示的结构形式，这样就能简化工艺过程，使生产率大幅度提高。它的主要工艺过程是：

压制杯形封头→装配→焊接 1 条环焊缝

很明显，工序、焊缝都减少了，装配也很容易。所以生产率和产品质量都提高了，而工人的劳动条件也有所改善。它的缺点是模具费用多，但由于产量大，平均每个产品所负担的模具费用就不多了。这种结构还取消了圆筒节，节约了购置滚圆筒节的设备使用费和车间生产面积，所以在大批量生产的情况下，采用图 1-18 所示的结构是合理的。

还要考虑安全生产和改善工人的劳动条件。生产必须要安全，要防触电，防辐射，注意通风等。在焊接带有人孔（工作孔）容器的环焊缝时，应设计成不对称的双 V 形坡口，内浅外深。这样可以减少容器内的焊接量，与对称双 V 形坡口相比，劳动条件改善了很多。

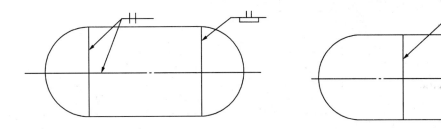

图 1-17　带圆筒节的小型受压容器　　　　　　图 1-18　无圆筒节的小型受压容器

最后，采用的新工艺、材料、工装和设备，应有类似的先例。实际的工程是不允许来做实验的。

1.3.2　相关的其他专业技术

材料科学变化趋势是从黑色金属向有色金属变化，从金属材料向非金属材料变化，从结构材料向功能材料变化，从多维材料向低维材料变化，从单一材料向复合材料变化。新材料的连接对焊接技术提出了新的要求。这将诞生许多新的焊接方法、设备、工艺等新的技术。这是焊接技术本身发展的特点。而焊接结构的制造，主要以焊接技术为主，与机械加工、热处理及模具等方面技术密切相关。

1．机械加工技术

刨床、钻床、镗床和车床是加工焊件坡口常用的设备。了解设备的性能、加工能力，了解加工工艺及各种刀具特点等方面的技术，对学好焊接专业课程，提高实训和实习质量也是重要的。机械加工是焊接结构制造的一部分。

2．热处理技术

大型球罐、铸铁及合金钢焊接时，必须进行预热、焊后热处理。所以热处理技术对于焊接结构制造是非常重要的。不进行适当的热处理，这些焊接结构就不合格，或不能进行焊接。

3．模具技术

焊接结构的许多部件是通过模具制造出来的，这类模具与塑料模具有很大的不同，强度要求较高，有的还是热成型模具。

4．计算机技术

基于计算机技术的先进制造技术，如计算机辅助焊接（CAW）、焊接机器人、计算机集成制造系统（CIMS）等的快速发展，正从信息化、集成化、系统化、柔性化等几个方面改变着焊接生产的全貌。

1.3.3　国家焊接标准与生产识图

1. 国家焊接标准

焊接的国家标准很多，就压力容器制造而言，主要有 GB 12337—1998《钢制球形储罐》、GB 50094—1998《球形储罐施工及验收规范》和《压力容器安全技术监察规程》。这些标准对焊接压力容器的装配要求是：

①　技术文件及资料完整、正确、统一、清晰，符合有关国家现行标准的规定，可以指导生产。

②　产品的材料选用钢种正确，具有强度高、韧性好和优异的焊接性能。结构减小了焊缝长度，提高了材料利用率，降低了制造成本。

③　产品在制造过程中采用先进成形的新工艺，效果良好，使球片几何尺寸全部符合图纸要求。

④　试制产品在设计、制造、安装和运行可靠性方面通过了锅检所的检验，其设计参数较高，制造水平处于国内领先。

2. 生产识图

通常所指的焊接装配图就是指实际生产中的产品零部件或组件的工作图，见图 1-19。

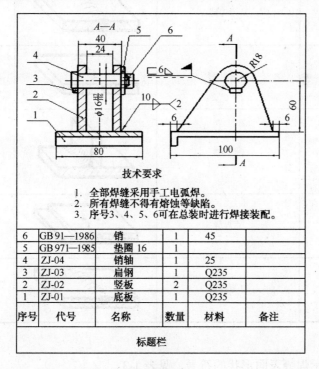

技术要求

1. 全部焊缝采用手工电弧焊。
2. 所有焊缝不得有熔蚀等缺陷。
3. 序号3、4、5、6可在总装时进行焊接装配。

6	GB 91—1986	销	1	45	
5	GB 971—1985	垫圈 16	1		
4	ZJ-04	销轴	1	25	
3	ZJ-03	扁钢	1	Q235	
2	ZJ-02	竖板	2	Q235	
1	ZJ-01	底板	1	Q235	
序号	代号	名称	数量	材料	备注
标题栏					

图 1-19　焊接装配图

它与一般装配图的不同在于，图中必须清楚表示与焊接有关的问题，如坡口与接头形式、焊接方法、焊接材料型号和焊接及验收技术要求等。

对焊工来说，要能正确识读焊接装配图，除了掌握前述有关机械识图知识外，还必须懂得焊缝符号表示方法的有关国家标准。

识读焊接装配图的方法和步骤与1.1.2节内容相同，但对图纸中有关焊接技术条件应详细分析，并严格执行。

通常图中涉及的焊接工艺文件有典型工件制造的工艺守则、焊接方法的工艺守则和施焊的工艺评定编号。

（1）焊缝符号的表示方法

焊缝符号一般由基本符号和指引线组成。必要时还可加上辅助符号、补充符号和焊缝尺寸符号。

焊缝符号表示方法的国家标准是 GB 324—1988《焊缝符号表示方法》。部分基本符号是表示焊缝横截面形状的符号，见表1-2。

表1-2 基本符号

序　号	焊缝名称	示意图	符　号
1	I 形焊缝		‖
2	V 形焊缝		∨
3	单边 V 形		∨
4	角焊缝		◿
5	点焊缝		○
6	U 形焊缝		Υ

（2）辅助符号

辅助符号是表示焊缝表面形状的符号，见表1-3。

表 1-3 辅助符号

序 号	名 称	示 意 图	符 号	说 明
1	平面符号		—	焊缝表面平齐（一般通过加工）
2	凹面符号		⌣	焊缝表面凹陷
3	凸面符号		⌢	焊缝表面凸起

（3）补充符号

补充符号是为了补充说明焊缝的某些特征而采用的符号，见表 1-4。

表 1-4 补充符号

示 意 图	标 注 示 例	说 明
		表示 V 形焊缝的背面底部有垫板
	111	工件三面带有焊缝，焊接方法为手工电弧焊
		表示在现场沿工件周围施焊

（4）符号在图样上的位置及焊缝尺寸符号

完全的焊缝表示方法除了上述基本符号、辅助符号、补充符号外，还包括指引线、一些尺寸符号及数据。指引线由带箭头的指引线和两条基准线（一条为实线，另一条为虚线）两部分组成。

1.4 实训项目

1. 实训项目 1（弯管焊接施工图识图）

【操作步骤】
① 说明焊接施工图的组成（见图 1-3）；
② 说明图 1-3 中圆圈圈住部分标注的意义；
③ 试找出图 1-3 中另一条环形角焊缝。

2. 实训项目 2（图 1-19 焊接装配图识图）

【操作步骤】
① 说明焊接装配图的组成；
② 说明图 1-19 中焊缝标注的意义；
③ 试找出图 1-19 中的所有焊缝。

 思考题 1

1. 如果图 1-3 中两个法兰材料为 Q235A，接管材料为 304 不锈钢，如何焊接？
2. 对图 1-3 中的焊缝，应选择哪种焊接方法焊接？采用哪种焊条？为什么？
3. 对图 1-3 中的焊缝焊接，其基本焊接技能是什么？
（提示：考虑到异种钢焊接，焊条选择时要注意焊缝金属的熔合比；考虑到管板对接全位置焊，一般选择手工焊。）
4. 图 1-19 中有哪些部件，如何焊接？
5. 对图 1-19 中的焊缝，应选择哪种焊接方法焊接？采用哪种焊条？为什么？
6. 对图 1-19 中的焊缝焊接，其基本焊接技能是什么？

第 2 章　气割与气焊

本章主要介绍气割基本原理与应用范围，所用工具设备、材料及操作要点。针对气焊、气割最常用的低碳钢板、不锈钢板等金属材料，设计了不同的实训项目，供选择训练时参考。

学习目标

- 能正确使用气焊设备，选择工艺参数，掌握气焊操作技能。
- 能够较熟练地使用气割设备，切割低碳钢板，并掌握气割工艺。
- 了解气焊、气割材料的使用与保存方法。
- 了解气焊、气割工具的使用方法。

2.1　气割

2.1.1　工艺知识

1. 基本知识

气割利用气体火焰（氧—乙炔、氧—液化石油气等）将金属预热到燃点附近，然后利用高速切割气流（高压氧）使金属剧烈燃烧，生成氧化物，并利用高速切割氧的吹力作用将金属氧化物吹掉。

当金属燃烧的热量足以把金属加热到燃点时，则加热、燃烧到吹掉熔渣过程连续进行，随着割枪（把）的向前移动而形成割缝。

气割金属必须满足以下条件。

① 被气割金属的燃点要低于金属本身的熔点，保证金属在固定温度下燃烧。如果燃点高于熔点，则金属在燃烧前就已经熔化，难以保证切割质量，甚至无法进行切割。纯铁的燃点为 1 050℃，低碳钢的燃点为 1 350℃，钛的燃点为 1 100℃，均低于各自的熔点，所以容易气割。

② 金属氧化物的熔点应比金属本身的熔点低，同时流动性好，金属氧化物才可能以液态小熔滴形式，从切口中被纯氧吹掉。否则，氧化物会比液体金属先凝固，而在液体金属表面形成固态薄膜，或黏度大，不易吹掉，而且阻止下层金属与氧接触，使切割过程无法继续。高碳钢、铸铁、高铬钢、铬镍不锈钢、铝和铜等，它们的金属氧化物熔点高于金属本身的熔

点，因此很难气割。

③ 金属燃烧时要放出大量的热，金属导热性要低，保证切口处的温度维持金属连续燃烧。气割低碳钢时，金属燃烧产生的热量占 70% 左右，而预热火焰供给的热量仅占 30% 左右，因此金属燃烧时的放热作用是非常大的。

常用金属及其氧化物的熔点见表 2-1。

表 2-1　常用金属及其氧化物的熔点

金属名称	金属本身熔点（℃）	氧化物熔点（℃）	金属名称	金属本身熔点（℃）	氧化物熔点（℃）
铁	1 535	1 300~1 500	铜	1 083	1 236
低碳钢	1 500~1 530	1 300~1 500	黄铜	850~900	1 236
高碳钢	1 300~1 400	1 300~1 500	锡青铜	850~950	1 236
铸铁	1 200	1 300~1 500	—	—	—

2. 气割的应用范围及特点

气割主要用于切割纯铁、低碳钢及低合金钢等燃点低于熔点的金属材料。

其优点是成本低，设备简单，效率高，适合各种位置操作，割缝整齐，金属烧损少。缺点是切割后工件略有变形，割缝附近成分容易发生变硬，合金元素烧损现象。

3. 气体火焰

（1）可燃气体的发热量及火焰温度

自身能够燃烧的气体叫可燃气体。工业上常用的可燃气体有氢和碳氢化合物，如乙炔、丙烷、丁烷、丙烯、天然气（甲烷）、煤气、沼气等，其中丁烷、乙炔应用最广。

（2）气体火焰种类与应用

① 中性焰。在焊炬混合室内，氧气与乙炔的混合比为 1.1~1.2 时，乙炔充分燃烧，燃烧后的气体中既无过剩的氧，也无过剩的乙炔。这种在火焰内既无过量氧又无游离碳的火焰称为中性焰，见图 2-1（a）。在焰心前 2~4mm 处温度最高，可达 3 050~3 150℃，此区称为还原区。

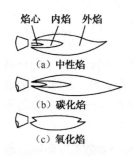

焰心　内焰　外焰

（a）中性焰

（b）碳化焰

（c）氧化焰

图 2-1　气体火焰

② 碳化焰。在混合室内，氧气和乙炔混合比小于 1，一般在 0.85~0.95 时，得到的火焰称为碳化焰，见图 2-1（b）。这种火焰的气体中尚有部分乙炔未燃烧，火焰中含有游离碳，具有比较强的还原作用，也有一定的渗碳作用。

碳化焰的焰心比较长，呈蓝白色，内焰呈淡蓝色，外焰带橘红色。碳化焰三层火焰之间有明显的轮廓。最高温度为 2 700~3 000℃。

③ 氧化焰。焊炬混合室内，氧气与乙炔混合比大于 1.2，一般为 1.3~1.7 时，其火焰较短，燃烧后的气体火焰中，有部分过剩的氧气。这种火焰在尖角形焰心外面形成一个有氧化性气体的富氧化区，见图 2-1（c）。氧化焰火焰比较短，燃烧时带有噪声。最高温度为 3 100~3 300℃，整个火焰具有氧化性。

4．气割（气焊）的设备及工具

气焊的应用设备包括氧气瓶、乙炔发生器（或溶解乙炔瓶、丁烷气瓶等）、回火保险器等；应用工具包括焊炬、减压器以及橡胶管等。气割的应用设备工具中，除割炬与焊炬不同以外，其余设备、工具与气焊相同。

（1）氧气瓶

① 氧气瓶的构造。氧气瓶是一种储存和运输氧气用的高压容器。它由瓶体、瓶阀、瓶帽、瓶箍、防震橡胶等组成，如图 2-2 所示。

氧气瓶瓶体是用 45Mn2 低合金钢，经反复挤压、扩孔、拉伸、收口等工序制造而成。在制造时应把瓶底挤压成凹面形状，使氧气瓶能平稳地竖立放置。为防止搬运时氧气瓶意外碰撞，在瓶体上部收口处装有带内螺纹的瓶帽，瓶体外部装有两个防振橡胶。瓶体和瓶帽外面漆成天蓝色，并用黑漆写明"氧气"字样，以区别其他气瓶。

常用气瓶的容积为 40L，在 15MPa 的压力下，可以储存 $6m^3$ 的氧气。

氧气瓶出厂前，除对其各个部件进行严格检查外，还须对瓶体进行水压试验。一般试验的压力应为工作压力的 1.5 倍，即试验压力为 15MPa×1.5=22.5MPa。另外，需在氧气瓶的上部打上该瓶的容积和质量、制造日期、工作压力、水压试验压力、出厂日期等标志。

经过 3 年使用后，需用 22.5MPa 的压力再次对氧气瓶进行水压试验，以确保安全。此外，还要看腐蚀情况，如果质量减轻太多（超过 2kg），就需要进一步用探伤仪或射线透视测定其壁厚，再确定是否能继续使用。目前，我国常用氧气瓶的规格见表 2-2。这种气瓶在 15MPa 的压力下，可以储存相当于常压下的 $6m^3$ 容积的氧气。

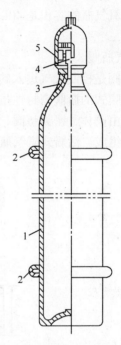

1—瓶体；2—防震橡胶；3—瓶箍；

4—瓶阀；5—瓶帽

图 2-2　氧气瓶的构造

表 2-2　氧气瓶的规格

瓶体表面漆色	工作压力（MPa）	容积（L）	瓶体外径（mm）	瓶体高度（mm）	质量（kg）	水压试验压力（MPa）	采用瓶阀规格
天蓝	15	33	219	1 150±20	45±2	22.5	QF-2 型铜阀
		40		1 370±20	55±2		
		44		1 490±20	57±2		

② 氧气瓶内氧气储量及测算方法。

氧气瓶的储量 V 可用下列公式计算：

$$V=10V_0P$$

式中　V——瓶内氧气的储量（L）；

　　　V_0——氧气瓶的容积（L）；

　　　P——氧气表所指示的压力（MPa）。

例如，氧气瓶的容积是 40L，氧气瓶的压力是 10MPa 时，则氧气瓶内氧气的储量为：

$$V=10×40L×10=4\,000L（或 4m^3）$$

③ 氧气瓶阀。

氧气瓶阀是控制氧气进入的阀门。国产氧气瓶的构造分两种，一种是活瓣式，另一种是隔膜式。隔膜式的瓶阀密封性虽好，但容易损坏，使用寿命短。目前，主要采用活瓣式氧气阀。它主要由阀体、密封垫圈、弹簧、弹簧压帽、手轮、压紧螺母、阀杆、开关板、阀门和安全装置等组成。活瓣式氧气瓶阀的构造如图 2-3 所示。

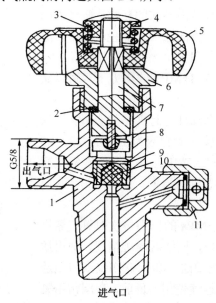

1—阀体；2—密封垫圈；3—弹簧；4—弹簧压帽；5—手轮；6—压紧螺母；

7—阀杆；8—开关板；9—活门；10—气门；11—安全装置

图 2-3　活瓣式氧气瓶阀的构造

除手轮、开关板、弹簧外，其余都是用黄铜或青铜经压制和机械加工而成的。为使瓶口和瓶阀配合紧密，将阀体和氧气瓶口配合的一端加工成锥形管螺纹，以旋入气瓶内。阀体旁侧有加工成 G5/8 的管螺纹，用以连接减压器。阀体的另一侧装有安全装置。它由安全膜片、安全垫圈及安全帽组成。当氧气瓶内压力达到 18～22.5MPa 时，安全膜片即自行爆破，从而保障气瓶的安全使用。

使用氧气时，将手轮按逆时针方向旋转，开启氧气阀；按顺时针方向旋转则关闭瓶阀。旋转手轮时，阀杆也跟着转动，再通过开关板使活门一起旋转，使活门向上或向下移动。活门向上移动，使气门开启，瓶内氧气就进入瓶阀的进气口，从出气口喷出。活门向下压紧时，由于活门内有尼龙 1010 制成的气门，因此可使活门关紧。瓶阀活门的额定开启高度为 1.5～3mm。

④ 氧气瓶阀的故障及排除方法。

氧气瓶阀由于长期使用，通常会发生漏气或阀杆空转等故障。常见故障及排除方法见表 2-3。

表 2-3　常见故障及排除方法

序号	故　障	排　除　方　法
1	压紧螺母周围漏气	拧紧压紧螺母或更换密封垫圈
2	气阀杆和压紧螺母中间孔周围漏气	更换密封垫圈； 将石棉绳在水中浸湿后把水挤出，在气阀的根部绕几圈，再拧紧压紧螺母
3	气阀杆空转，不出气	开关板断裂或方套孔和阀杆的方棱需要更换； 若是瓶阀内有水被冻结，则应关闭阀门，用热水或蒸汽缓慢加热，使之解冻，严禁明火烘烤
特别注意：一定要先把氧气阀门关闭然后才能修理或更换零件，以防止发生意外事故		

⑤ 氧气瓶的使用要求。

a. 氧气瓶一般应直立放置，且必须安放稳固，防止倾倒。

b. 严禁氧气瓶阀、氧气减压器、焊炬、割炬、氧气胶管等沾上易燃物质和油脂等，以免引起火灾或爆炸。

c. 取下气瓶帽时，只能用手或扳手旋转，禁止用铁锤等敲击。

d. 在瓶阀上安装减压器之前，应拧开瓶阀，吹掉出气口内杂质，再轻轻地关闭阀门。装上减压器后，要缓慢地开启阀门，以防开得太快，高压氧流速过急产生静电火花而引起减压器燃烧或爆炸。

e. 在瓶阀上安装减压器时，与阀口连接的螺母至少要拧上三牙以上，以防止开气时脱落，人体要避开阀门喷出方向，并慢慢开启阀门。

f. 夏季使用氧气瓶时，必须把氧气瓶放在凉棚内，严禁阳光照射；冬季不要放在火炉和距暖气太近的地方，以防氧气受热膨胀，引起爆炸。

g. 冬季要防止氧气瓶冻结。如已冻结，只能用热水和蒸汽解冻。严禁用明火直接加热，也不准敲打，以免引起瓶阀断裂。

h. 氧气瓶内的氧气不能全部用完，最后要留 0.1～0.2MPa 的氧气，以便充氧时鉴别气体的性质和去除瓶阀口的灰尘，以避免混进其他气体。

i. 氧气瓶在运送时必须戴上瓶帽，并避免相互碰撞。不能与可燃气体的气瓶、油料以及其他可燃物同车运输。在厂内运输要用专用小车，并固定牢固。不得将氧气瓶放在地上滚动。

j. 氧气瓶必须做定期检查，合格后才能继续使用。

（2）溶解乙炔瓶

① 溶解乙炔瓶是一种储存和运输乙炔用的压力容器，外形和氧气瓶相似。因为乙炔不能以高压压入普通的钢瓶内，而必须利用乙炔能溶解于丙酮（CH_3、$COCH_3$）的特性，采取必要的措施，才能把乙炔压入钢瓶内。

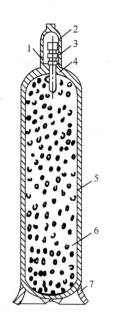

1—瓶口；2—瓶帽；3—瓶阀；
4—石棉；5—瓶体；
6—多孔性填料；7—瓶座

图 2-4　溶解乙炔瓶的构造

溶解乙炔瓶由瓶体、瓶阀、瓶帽、瓶座及多孔性填料组成。溶解乙炔瓶的构造如图 2-4 所示。

乙炔瓶的瓶体是由优质碳素结构钢或低合金结构钢钢板经轧制焊接而成的。瓶体和瓶帽的外表面喷上白漆，并用红漆醒目地标注"溶解乙炔"和"火不可近"的字样。瓶口装有专门的乙炔气阀。在瓶体内装有浸满丙酮的多孔性填料，能使乙炔稳定而安全地储存在乙炔瓶内。使用时，打开瓶阀 3，溶解于丙酮内的乙炔就分解出来，通过瓶阀排出，而丙酮仍留在瓶内。瓶阀下面瓶口中心的长孔内放置着过滤用的不锈钢丝网和石棉或毛毡。其作用是帮助作为溶质的乙炔从溶剂丙酮中分解出来。

瓶内的多孔性填料以前多用多孔而质轻的活性炭、木屑、硅藻土、浮石、硅酸钙、石棉纤维等合制而成，目前已广泛应用硅酸钙。

为使瓶体能平稳直立地放置，在瓶体的底部焊有瓶座。为防止搬运时溶解乙炔瓶阀和瓶体意外地相撞，在瓶体的上部装有一个带内螺纹的瓶帽。在瓶体的外表装有两只防震箍。

溶解乙炔瓶出厂前各部件要经过严格检查，还要对瓶体进行水压试验。乙炔瓶的工作压力为 1.5MPa，设计压力为 3MPa，一般试验压力为设计压力的 2 倍，即试验压力为 6MPa。在瓶的上部记载该瓶的容积和质量、制造日期、出厂日期、最高工作压力和水压试验压力等。在使用期间，每 2～3 年进行一次技术检验。使用中的乙炔瓶不再做水压试验，只做气压试验。气压试验的压力为 3.5MPa，所用气体是纯度（体积分数）不低于 97%的干燥氮气，如发现瓶壁渗漏即应报废。对多孔性填料也要进行检查，发现有裂纹、下沉等现象，应更换填料。

溶解乙炔瓶的容量为 40L，一般乙炔瓶中能溶解 6～7kg 乙炔。溶解乙炔不能从乙炔瓶中大量取出，每小时所放出的乙炔应小于瓶装容量的 1/7。

② 乙炔瓶阀是控制乙炔瓶内乙炔进出的阀门，主要由阀体、阀杆、压紧螺母、活门及过滤件等组成。其构造见图 2-5。

乙炔瓶阀设有旋转手轮，活门 4 的开启和关闭是利用方孔套筒扳手，将阀杆 2 上端的方形头旋转，使嵌有尼龙 1010 制成的密封垫料 5 的活门向上（或向下）移动来实现的。当方孔套筒扳手按逆时针方向旋转时，活门向上移动而开启瓶阀；相反则关闭瓶阀。乙炔瓶阀体由低碳钢制成。阀体下端加工成 ϕ27.8mm×14 牙/英寸螺纹的锥形尾，以便旋入瓶体上。乙炔瓶阀的进气口内还装有羊毛毡制成的过滤件 7 和铁丝制成的滤网，将分解出来的乙炔进行过滤，吸收乙炔中的水分和杂质。由于乙炔瓶阀的阀体旁没有连接减压器的侧接头，因此必须使用带有夹环的乙炔瓶专用减压器。

③ 溶解乙炔瓶的使用。

使用溶解乙炔瓶时除必须遵守氧气瓶的使用要求外，还应严格遵守下列各点。

a. 溶解乙炔瓶不应遭受剧烈震动和撞击，以免瓶内多孔性填料下沉而形成空洞，影响乙炔的储存，引起溶解乙炔瓶的爆炸。

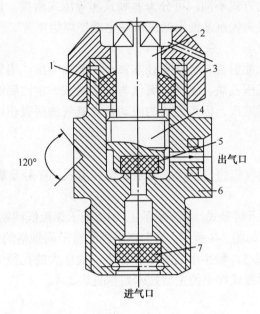

1—防漏垫圈；2—阀杆；3—压紧螺母；4—活门；5—密封垫料；6—阀体；7—过滤件

图 2-5　乙炔瓶阀的构造

b. 溶解乙炔瓶在使用时应直立放置。因为卧放会使丙酮随乙炔流出，甚至会通过减压器流入乙炔胶管和焊炬、割炬内，引起燃烧和爆炸。

c. 溶解乙炔瓶体表面的温度不应超过 30～40℃，因为温度高会降低丙酮对乙炔的溶解度，而使瓶内乙炔压力急剧增高。

d. 乙炔减压器与溶解乙炔瓶阀的连接必须可靠，严禁在漏气的情况下使用。否则会形成乙炔与空气的混合气，一遇明火就会发生爆炸事故。

e. 溶解乙炔瓶内的乙炔不能全部用完，当高压表读数为零，低压表读数为 0.01～0.03MPa 时，不可再继续使用。应将瓶阀关闭，防止漏气和进入空气。

f. 使用压力不得超过 0.15MPa，输出流速不应超过 1.5～2.5m^3/h，以免导致用气不足，甚至带走丙酮太多。

g. 开启溶解乙炔瓶瓶阀时应缓慢，不要超过一转半，一般只需开启 3/4 转。

h. 当乙炔瓶阀冻结时，不能用明火烘烤。必要时可用 40℃ 以下的温水解冻。

（3）回火保险器

回火保险器防止乙炔回火的主要原理是利用中间介质将倒回的火焰和可燃气体的进气管隔开，防止蔓延和扩散，中间介质一般是粉末冶金片，见图 2-6。

（4）焊炬与割炬

焊炬与割炬是进行气焊与气割的主要工具。它是使可燃气体与氧气按一定比例混合燃烧形成稳定火焰的工具。按可

图 2-6　回火保险器

燃气体与助燃气体混合的方式不同，可分为射吸式和等压式两类。目前，国内使用的焊炬与割炬多为射吸式。它的最大优点是使用低压乙炔也能使焊炬正常工作。

① 工作原理。

氧气由氧气通道进入喷射管，再从直径非常小的喷嘴喷出。当氧气从喷嘴喷出时，就要吸出聚集在喷嘴周围的低压乙炔。这样，氧气与乙炔就按一定比例混合，并以一定的流速经混合气通道从焊（割）嘴喷出。因为乙炔的流动是靠氧气的射吸作用来实现的，故称为射吸式焊（割）炬。

② 射吸式焊炬。

射吸式焊炬的型号由汉语拼音字母、表示结构和形式的序号及规格组成。

例如：H01-12。

其中，H 表示焊具，0 表示射吸式，1 表示手工，12 表示焊接低碳钢最大厚度为 12mm。

H01-6 型射吸式焊炬如图 2-7 所示。每个焊炬都配有不同规格的 5 个焊嘴，每个焊嘴上刻有不同数字 1、2、3、4、5，数字小的焊嘴孔径小，数字大的孔径大。焊接时可根据材料、板厚选用所需的焊嘴。射吸式焊炬的主要技术数据见表 2-4。

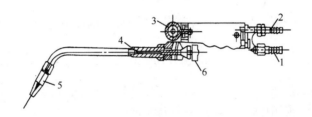

1—氧气接头；2—乙炔接头；3—乙炔调节手轮；4—混合气管；5—焊嘴；6—氧气调节手轮

图 2-7 H01-6 型射吸式焊炬

表 2-4 射吸式焊炬主要技术数据

焊炬型号	H01-6					H01-12					H01-20				
焊嘴号码	1	2	3	4	5	1	2	3	4	5	1	2	3	4	5
焊嘴孔径（mm）	0.9	1.0	1.1	1.2	1.3	1.4	1.6	1.8	2.0	2.2	2.4	2.6	2.8	3.0	3.2
工件厚度（mm）	1~2	2~3	3~4	4~5	5~6	6~7	7~8	8~9	9~10	10~12	10~12	12~14	14~16	16~18	18~20
氧气压力（MPa）	0.2	0.25	0.3	0.35	0.4	0.4	0.45	0.5	0.6	0.7	0.6	0.65	0.7	0.75	0.8
乙炔压力（MPa）	0.001~0.1					0.001~0.1					0.001~0.1				
氧消耗量（m³/h）	0.15	0.20	0.24	0.28	0.37	0.37	0.49	0.65	0.86	1.10	1.25	1.45	1.65	1.95	2.25
乙炔消耗量（L/m）	170	240	280	330	430	430	580	780	1 050	1 210	1 500	1 700	2 000	2 300	2 600
焊炬总长（mm）	400					500					600				

③ 射吸式割炬。

例如：G01-100。

其中，G 表示割炬，0 表示射吸式，1 表示手工，100 表示切割低碳钢最大厚度为 100mm。

射吸式割炬如图 2-8 所示。其主要技术数据见表 2-5。

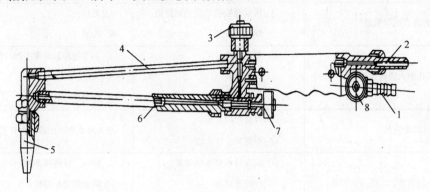

1—乙炔接头；2—氧气接头；3—高压氧调节手轮；4—高压氧气管；5—割嘴；6—混合气管；7—氧气调节气轮；8—乙炔调节手轮

图 2-8 射吸式割炬

表 2-5 射吸式割炬主要技术数据

焊炬型号	G01-30			G01-100			G01-300			
割嘴号码	1	2	3	1	2	3	1	2	3	4
割嘴孔径（mm）	0.6	0.8	1.0	1.0	1.3	1.6	1.8	2.2	2.6	3.0
厚度范围（mm）	2～10	10～20	20～30	10～25	25～30	30～100	100～150	150～200	200～300	250～300
氧气压力（MPa）	0.2	0.25	0.30	0.2	0.35	0.5	0.5	0.65	0.8	1.0
乙炔压力（MPa）	0.001～0.1			0.001～0.1			0.001～0.1			
氧消耗量（m³/h）	0.8	1.4	2.2	2.2～2.7	3.5～4.2	5.5～7.3	9.0～10.8	11～14	14.5～18	19～26
乙炔消耗量（L/h）	210	240	310	350～400	400～500	500～610	680～780	800～1 100	1 150～1 200	1 250～1 600
割嘴形式	环形			梅花形或环形			梅花形			
割炬总长（mm）	500			550			650			

④ 液化石油气割炬。

由于液化石油气与乙炔的燃烧特性不同，因此不能直接使用乙炔用的射吸式割炬，需要进行改造，应配用液化石油气专用割嘴。

G01-100 型乙炔割炬改变的主要部位和尺寸为：喷嘴孔径为 1mm，射吸管直径为 2.8mm，燃料气接头孔径为 1mm。G07-100 割炬是专供液化石油气切割用的割炬。

⑤ 常见故障及其排除方法。

焊炬与割炬常见故障及排除方法见表2-6。

表2-6　焊炬与割炬常见故障及排除方法

故　障	原　因	排　除　方　法
开关处漏气或焊嘴漏气	① 压紧螺帽松动或垫圈磨损； ② 焊嘴未拧紧	① 更换； ② 拧紧
焊嘴孔扩大成椭圆形	① 使用过久； ② 焊嘴磨损； ③ 使用通针不当	① 用手锤轻敲焊嘴尖部，使孔径缩小后，再用小钻头钻孔； ② 焊嘴保持清洁
焊炬发热	① 焊接时间过长； ② 焊嘴离工件太近	浸入冷水中冷却后，再开氧气，吹净积物
火焰能率不能调节，乙炔压力过低	① 胶皮管被挤压或堵塞； ② 焊枪被堵塞； ③ 手轮打滑	① 挤压，排除堵塞物； ② 清洗胶管和焊枪； ③ 检修各处开关

（5）橡胶软管

氧气瓶和乙炔瓶中的气体须用橡胶软管输送到焊炬或割炬。焊、割所用的橡胶软管，按其所输送的气体不同分为：

① 氧气胶管。根据 GB/T 12550—1991《氧气橡胶软管》的规定，氧气胶管应为蓝色。它由内外胶层和中间纤维层组成，其外径为 18 mm，内径为 8 mm，工作压力为 1.5 MPa。

② 乙炔胶管。根据 GB/T 12551—1992《乙炔橡胶软管》的规定，乙炔胶管应为红色。其结构与氧气胶管相同，但其壁较薄，外径为 16 mm，内径为 10 mm，工作压力为 0.3 MPa。

每一种胶管只能用一种气体，不能互相代用。使用时注意胶管不要沾染油脂，并要防止烫坏和折伤。老化及回火烧损的胶管禁止使用，应及时更换，以免造成安全事故。

（6）辅助工具

① 护目镜。气焊、气割时，焊工应戴护目眼镜操作，可保护焊工眼睛不受火焰亮光的刺激，以便在焊接过程中能仔细地观察熔池金属，又可防止飞溅金属伤害眼睛。在焊接一般材料时宜用黄绿色镜片，镜片的颜色要深浅合适，根据光度强弱可选用3～7号遮光玻璃。

② 通针。通针用于清理发生堵塞的火焰孔道，一般由焊工用钢性好的钢丝或黄铜丝自制。

③ 打火机。使用手枪式打火机点火最为安全可靠。尽量避免使用火柴点火。当用火柴点火时，必须把划着的火柴从焊嘴或割嘴的后面送到焊嘴或割嘴上，以免手被烫伤。

④ 其他工具。包括钢丝刷、锤子、锉刀、扳手、钳子等。

2.1.2　知识拓展

1．不锈钢与铸铁的振动气割

对于不锈钢的工件，一般多采用等离子弧切割；当工件厚度超过 150mm，或没有等离子弧切割设备时，可采取用普通割炬而割嘴不断摆动来实现切割的方法，即振动切割法。

切割时，可采用普通的射吸式割炬，选用的预热火焰能率要比切割碳钢时的大而集中，氧气压力也要大 15%～20%，首先采用中性焰预热工件边缘，待呈现红色熔融状态时，打开切割氧阀门，等熔渣从切口处流出时，少许抬高割炬，同时作一定幅度的前后、上下摆动，摆动频率为每分钟 60～80 次，振幅为 10～15mm，利用火焰的高温来破坏切口处的氧化膜，使铁继续燃烧。并借助氧气流的冲击作用，冲掉熔渣，以达到连续切割的目的。

2. 铸铁的振动气割

原理和工艺与不锈钢振动切割法基本相同。当切割一段时间以后，振动次数可逐渐减少，甚至可以不振动。有时也可以采用沿线切割方向前后摆动或左右横向摆动的方法进行振动切割，采用横向摆动时，根据工件的厚度，摆幅可在 8～16mm 内变化。

3. 工业用氧气

在常温状态下，氧气是一种无色、无味、无毒的气体，其分子式是 O_2。在标准状态下（0℃，0.1MPa），氧气的密度是 1.43kg/m^3，比空气略重（空气为 1.29kg/m^3）。氧气由气态转化为液态的温度是-183℃，其颜色从无色转变为淡蓝色；由液态转化为固态的温度是-218℃，变成淡蓝色的固体。氧气本身不能燃烧，但它能帮助其他可燃物质燃烧。氧气具有很强的化学活泼性，能同许多化学元素化合，生成氧化物，并放出很多热量。气焊、气割正是利用氧化反应放出的热量作为热源工作的。

工业用氧气分两大类。第一类纯度（质量分数）不低于 99.5%，常用于质量要求较高的气焊、气割。第二类分为两级，一级纯度（质量分数）不低与 99.5%，二级纯度（质量分数）不低于 99.2%，常用于没有严格要求的气焊、气割。

氧气的用途和纯度要求，氧气助燃的特性，使氧气在工业上的应用非常广泛。氧乙炔焰可用来进行气焊、气割、钎焊、表面喷焊、喷涂和火焰矫正等。

气焊与气割要求氧气纯度越高越好。氧气不纯，主要是有氮气混在里面，这种气体不但不能很好地助燃，相反还要消耗大量的热量，使火焰的温度降低，焊接时会使金属焊缝氮化，严重影响焊缝金属的性能；气割时若氧气的纯度低于 97.5%，则燃烧效率将会显著下降，切割速度也将随着显著下降，而且切面的粗糙度大，切口底部的熔渣也很难清理。特别是气割大厚度钢时，还会造成后拖量太大，甚至割不透。

氧气的供应一般采用瓶装的方式。氧气瓶是储存和运输氧气的一种高压容器，其外表涂成天蓝色，瓶体上用黑漆标注"氧气"两字。常用气瓶的容积为 40L，在 15MPa 的压力下，可储存 6m^3 的氧气。由于瓶内压力高，而且氧气是极活泼的助燃气体，因此必须严格按照安全操作规程使用。

另一种氧气的供应方式是采用汇流排集中供气。在使用氧气比较多的焊装车间，有若干个焊割工位，可把多瓶氧气集中配组供应给这些工作点，配气组装置可设在单独的房间内，由配气组气瓶中的气体经汇流排管道送至使用工位。对于氧气消耗量大的自动切割，更适宜氧气集中配组供气布置。

4. 气体火焰及应用

焰心是火焰中靠近焊炬（或割炬）喷嘴孔的呈锥状而发亮的部分。中性焰的焰心呈光亮蓝白色圆锥状形，轮廓清楚，温度为800～1 200℃左右。焰心之外为内焰，内焰由于火焰中含碳气体过剩，焰气呈蓝白色，有深蓝色线条，在焰心前2～4mm处温度最高，可达3 050～3 150℃，此区称为还原区。火焰中围绕焰心或内焰燃烧的火焰为外焰。外焰与内焰相比没有明显变化，其颜色从里到外，由淡紫色变为橙黄色，温度在1 200～2 500℃之间，具有氧化性。气焊各种材料时，大都要用中性焰。

焊接时过剩的乙炔分解为碳和氢，内焰中过量的炽热碳粒能使氧化铁还原，这种火焰叫碳化焰或还原焰。用碳化焰焊接碳素钢，熔池会因吸收碳粒生成二氧化碳而产生沸腾现象，同时使被焊件增碳，增加裂纹产生的可能。但有时为对焊缝增碳和提高焊缝强度，常使用碳化焰焊接高碳钢、铸铁及硬质合金等材料。

氧化焰的焰心呈淡紫色，轮廓也不明显。内焰和外焰呈蓝紫色。氧化焰火焰比较短，燃烧时带有噪声，最高温度为3 100～3 300℃，整个火焰具有氧化性。所以，焊接碳素钢时会造成熔化金属的氧化和元素的烧损，使焊缝产生气孔，并增强熔池的沸腾现象，从而降低焊缝质量。所以，这种火焰比较少使用。但焊接黄铜和锡青铜时，利用氧化性生成氧化物薄膜，覆盖在熔池上，以保护低沸点锌、锡不再蒸发。由于氧化焰温度高，在火焰加热和气割时，也常使用氧化焰。

5. 法兰的气割

法兰气割试件示意图如图2-9所示。为了提高效率，保证气割质量，凡直径在50mm以上的圆弧、圆孔及法兰的气割均采用切割圆规手工气割。自制切割圆规如图2-10所示。其操作要点如下。

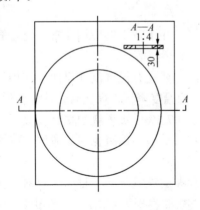

图2-9　法兰气割试件示意图

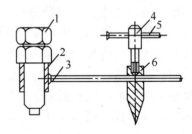

1—割嘴；2—套嘴；3—移动定位杆；
4—紧固螺钉；5—手柄；6—圆心支点

图2-10　自制切割圆规

① 气割法兰时，将法兰的下方垫空并垫牢。其气割顺序是先割外圆。切割圆规的使用如图2-11所示。

② 按待割圆规的半径在定位杆上对好位置，注意留出割口余量，然后用顶端的螺钉紧固。气割时把割嘴穿在钢套内，把定位杆上的圆心支点插在早已打好的圆心孔内。

③ 起割时，首先在钢板上割个孔。方法是先将割件预热，使割嘴垂直于割件，达到切割温度时，将割嘴倾斜一些，同时，打开切割氧将氧化铁渣吹出。

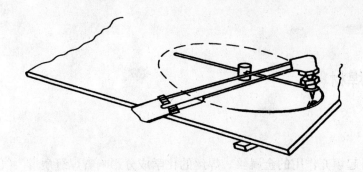

图 2-11　切割圆规的使用

④ 气割过程中应使割嘴的下段向圆心方向稍微靠紧一些，以免钢套脱落，并保持割嘴的高度始终如一，以防止割出的断面呈马蹄状。气割速度要均匀，不要忽快忽慢。若割圆的直径在 500mm 以上，则在切割过程中人的位置要稍做移动，此时割炬要注意保持平稳。

6. 坡口气割

手工气割坡口时，先在割件上的待切割处按坡口尺寸画好线，然后将割嘴按坡口角度对好，以往后拖或向前推的操作方法进行切割。坡口气割的割速比一般的分离切割要稍慢些，预热火焰能率也适当减小，而切割的压力应稍加大。

为获得割口宽窄一致，角度相等且美观的切割坡口，可将割嘴靠在扣放角钢上进行切割，如图 2-12 所示。不同角度的坡口，为保证气割质量，可将割嘴安放在角度可调的滚轮架上进行切割，如图 2-13 所示。

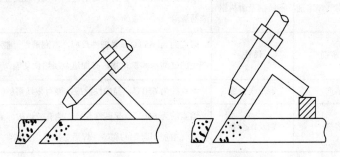

图 2-12　依靠角钢导向切割坡口

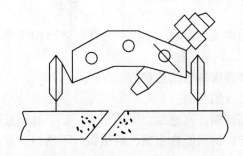

图 2-13　依靠滚轮架切割坡口

2.2 气焊

2.2.1 气焊材料

1. 焊丝

焊丝是气焊时起填充作用的金属丝。焊丝的化学成分影响着焊缝质量。气焊时正确选择焊丝非常重要。焊接低碳钢时，常用焊丝牌号有 H08A、H08MnA 等，其直径一般为 2～4mm。除此以外，还有低合金钢焊丝、不锈钢焊丝、铸铁焊丝、铜及铜合金焊丝、铝及铝合金焊丝等。这些焊丝都有相应的国家标准，选用时可按焊件成分查表选择。焊丝使用前应清除表面上的油、锈等污物，不允许使用不明牌号的焊丝进行焊接。

2. 熔剂

气焊熔剂是焊接时的辅助熔剂。其作用是保护熔池，减少有害气体浸入，去除熔池中形成的氧化物杂质，增加熔池金属的流动性。一般低碳钢气焊不必用熔剂。但在焊接有色金属、铸铁以及不锈钢等材料时，必须采用气焊熔剂。常用的气焊熔剂见表 2-7。

表 2-7　气焊溶剂的种类、用途及性能

牌　号	名　　称	适用材料	基　本　性　能
CJ101	不锈钢及耐热钢气焊溶剂	不锈钢及耐热钢	熔点约为 900℃，有良好的湿润作用，能防止熔化金属被氧化，焊后熔渣易清除
CJ201	铸铁气焊溶剂	铸铁	熔点约为 650℃，显碱性反应，富潮解性，能有效地除去铸铁在气焊时产生的硅酸盐和氧化物，有加速金属熔化功能
CJ301	铜气焊溶剂	铜及铜合金	熔点约为 650℃，显酸性反应，能有效地溶解氧化铜和氧化亚铜
CI401	铝气焊溶剂	铝及铝合金	熔点约为 650℃，显碱性反应，能有效地破坏氧化铝膜，因具有潮解性，在空气中能引起铝的腐蚀，焊后必须将熔渣清除干净

2.2.2 气焊操作

① 根据工艺要求选用焊丝、焊剂，焊丝不允许有油污和铁锈。对无要求的，可根据焊件的材质和板厚选用。

② 根据焊件厚度选择焊嘴型号工艺参数。

③ 根据焊件材质选择火焰类型。

● 碳化焰用于气焊高碳钢、高速钢、硬质合金、铝、青铜及铸铁。

● 中性焰用于气焊低碳钢、低合金钢、高铬钢、不锈钢、紫铜、锡青铜、铝及铝合金、镁合金。

● 氧化焰用于气焊黄铜、锰钢、镀锌铁皮等。

表 2-8　基本参数

低碳钢厚度与焊嘴的关系		焊嘴倾角		焊丝直径与焊件厚度的关系	
型号	厚度（mm）	板厚（mm）	角度（º）	焊件厚度（mm）	焊丝直径（mm）
H01-2	0.5~2	1 以下	10	1.0~2.0	1.0~2.0 或不加焊丝
H01-6	2~6	1~3	20	2.0~3.0	2.0~3.0
		3~5	30	3.0~4.0	3.0~4.0
H01-12	6~12	6~7	40	5.0~10	3.0~4.0
		8~10	50		
		11~12	60		
H01-20	12~20	13~15	70	10~20	5.0~6.0
		15 以上	80		

④ 气焊时焊嘴与工件之间要倾斜一定的角度，大小取决于板厚。对于熔点高，导热性好的材料，角度要大些；开始焊接时为迅速加热焊件，应用 80°～90°的角，然后再逐渐减小；收尾时应减小倾角，焊嘴提高。基本参数如表 2-8 所示。

⑤ 焊时先将金属加热到熔融状态，再填充焊丝，焊丝与焊件表面倾斜 20°～40°，且焊时焊嘴和焊丝要交叉均匀摆动，以避免焊接缺陷。

⑥ 焊接时应尽量减小变形，采用对称焊或分段反向焊。

⑦ 对于不同材质、规格的焊件要采用不同的操作法。

● 薄板、低熔点材料，用左焊法。

● 厚板、高熔点材料，用右焊法。

⑧ 根据焊缝的位置采用相应的操作技术。

● 平焊应使焰心的末端与工件表面保持 2～6mm 的距离，要兼顾焊件与焊丝的加热。

● 立焊比平焊的火焰能率小，严格控制熔池温度，防止液态金属下流，焊嘴向上倾斜，与焊件的角度为 60°～80°。基本参数见表 2-8。

● 横焊要用较小的火焰能率，焊嘴向上与焊件保持 70°～80°夹角，一般采用左焊法。基本参数见表 2-8。

● 仰焊应用较小的火焰能率，较细的焊丝，并严格控制熔池温度、形状和大小，使液态金属处于黏稠状。仰焊时要用右焊法，焊丝后倾，与焊件的夹角为 70°～80°。

⑨ 管道与小直径容器的气焊，要求单面焊双面成形，可用击穿焊法，起焊和终焊处要熔透，并要有 10mm 的重叠。

⑩ 气焊过程若发生回火，应先关氧气阀，后关乙炔阀。消除故障继续施焊时，应重新熔化原熔池，焊接重叠部分不小于 6mm。

⑪ 焊后要清刷焊缝上的残渣及焊剂，并检查工件，发现缺陷及时返修。

⑫ 返修。

● 返修前要铲缺陷，对于裂纹须找出原因，制定措施，并找出裂纹首尾再返修。

● 同一部位返修不超过两次，两次不合格的，要修订返修方案，由主管部门批准方可再次返修。

● 裂纹倾向大的材料返修要预热,其温度比焊接预热温度高 50～100℃,焊后还要在 250～300℃温度下保温 2h。

⑬ 工艺上对气焊有特殊要求的必须执行工艺。

2.2.3　各种位置气焊的操作要点

1. 平焊

平焊是最常用的一种气焊焊接方法,其操作方便,焊接质量可靠。平焊时多采用左焊法,焊丝、焊炬与工件的相对位置如图 2-14 所示,火焰焰心的末端与焊件表面保持 2～4 mm。焊接时如果焊丝在熔池边缘被粘住,不要用力拔,可自然脱离。

（1）起头

采用中性焰、左焊法。首先将焊炬的倾斜角放大些,然后对准焊件始端作往复运动,进行预热。在第一个熔池未形成前,仔细观察熔池的形成,并将焊丝端部置于火焰中进行预热。当焊件由红色熔化成白亮而清晰的熔池时,便可熔化焊丝,将焊丝熔滴滴入熔池,随后立即将焊丝抬起,焊炬向前移动,形成新的熔池,如图 2-15 所示。

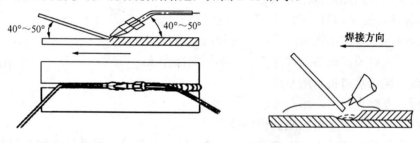

图 2-14　平焊示意图　　　　图 2-15　采用左焊法时焊炬与焊丝端头位置

（2）焊接中

在焊接过程中,必须保证火焰为中性焰,否则易出现熔池不清晰,有气泡,火花飞溅或熔池沸腾等现象。同时,控制熔池的大小非常关键,一般可通过改变焊炬的倾斜角、高度和焊接速度来实现。若发现熔池过小,焊丝与焊件不能充分熔合,应增大焊炬倾斜角,减慢焊接速度,以增加热量;若发现熔池过大,且没有流动金属,则表明焊件被烧穿,此时应迅速提起焊炬或加快焊接速度,减小焊炬倾斜角,并多加焊丝,再继续施焊。在焊接过程中,为了获得优质而美观的焊缝,焊炬与焊丝应作均匀协调的摆动。通过摆动,既能使焊缝金属熔透、熔匀,又避免了焊缝金属的过热和过烧。在焊接某些有色金属时,还要不断地用焊丝搅动熔池,以促使熔池中各种氧化物及有害气体的排出。

焊炬摆动基本上有三种动作:

第一种,沿焊缝向前移动;

第二种,沿焊缝作横向摆动（或作圆圈摆动）;

第三种,作上下跳动,即焊丝末端在高温区和低温区之间作往复跳动,以调节熔池的热量。但必须均匀协调,不然就会造成焊缝高低不平、宽窄不一等现象。

焊炬和焊丝的摆动方法与摆动幅度,同焊件的厚度、性质、空间位置及焊缝尺寸有关。

如图 2-16 所示为平焊时焊炬和焊丝常见的几种摆动方法。其中，图 2-16（a），（b），（c）所示方法适用于各种材料的较厚大工件的焊接及堆焊，图 2-16（d）所示方法适用于各种薄件的焊接。图 2-16（a）所示为右焊法，图 2-16（b），（c），（d）所示为左焊法。

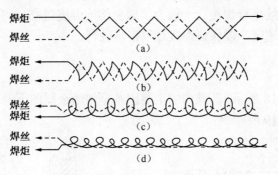

图 2-16　焊炬和焊丝的摆动方法

（3）接头

在焊接中途停顿后又继续施焊时，应用火焰将原熔池重新加热熔化，形成新的熔池后再加焊丝。重新开始焊接时，每次续焊应与前一焊道重叠 5～10mm，重叠焊道可不加焊丝或少加焊丝，以保证焊缝高度合适及均匀光滑过渡。

（4）收尾

当焊到焊件的终点时，要减小焊炬的倾斜角，提高焊接速度，并多加一些焊丝，避免熔池扩大，防止烧穿。同时，应用温度较低的外焰保护熔池，直至熔池填满，火焰才能缓慢离开熔池。在焊接过程中，焊炬倾斜角是不断变化的。

2. 立焊

立焊示意图如图 2-17 所示，其操作比平焊操作要难一些。原因是熔池中的液态金属容易往下流，焊缝表面不易形成均匀的焊波。为此，立焊操作时应注意以下几点。

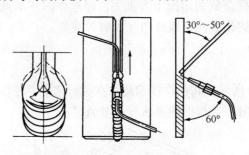

图 2-17　立焊示意图

① 应采用能率比平焊时小一些的火焰进行焊接。

② 应严格控制熔池温度，熔池面积不能过大，熔池的深度也应减小。要随时掌握熔池温度的变化，控制熔池形状，使熔池金属受热适当，防止液态金属下流。

③ 焊嘴要向上倾斜，与焊件夹角成 60°，甚至更大。借助火焰气流的压力来支撑熔池，阻止熔化金属下流。

④ 焊炬与焊丝的相对位置与平焊相似，焊炬一般不作横向摆动，但为了控制熔池温度，

焊炬可以随时作上下运动，使熔池有冷却的机会，保证熔池受热适当。焊丝则在火焰的范围内作环形运动，使熔化的焊丝金属一层层地均匀堆敷在焊缝上。

⑤ 在焊接过程中，当发现熔池温度过高，使熔化金属即将下流时，应立即将火焰移开，使熔池温度降低后再继续进行焊接。一般为了避免熔池温度过高，可以把火焰较多地集中在焊丝上，同时提高焊接速度，以保证焊接过程正常进行。

3. 横焊

横焊示意图如图 2-18 所示，其操作的主要困难是熔池金属的下淌，使焊缝上方形成咬边，下方形成焊瘤，如图 2-19 所示。

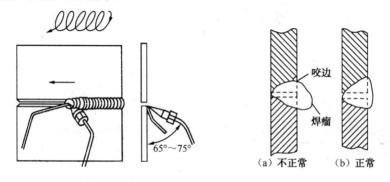

图 2-18　横焊示意图　　　　　图 2-19　横焊缝缺陷示意图

操作时应注意：

① 应该使用较小的火焰能率来控制熔池温度。

② 采用左焊法焊接，同时焊炬也应向上倾斜。火焰与工件间的夹角保持 65°～75°，使火焰直接朝向焊缝，利用火焰吹力托住熔化金属，阻止熔化金属从熔池中流出。

③ 焊接时，焊炬一般不作摆动，但焊接较厚焊件时，可作小环形摆动。而焊丝要始终浸在熔池中，并不断地把熔化金属向熔池上方推去，焊丝作斜环形运动，使熔池略带些倾斜，使焊缝容易成形，并防止熔化金属形成咬边及焊瘤等缺陷。

4. 仰焊

仰焊示意图如图 2-20 所示，其操作技术最难掌握。这主要是因为熔化金属下坠，难以形成满意的熔池及理想的焊缝。仰焊时的基本操作要领是：

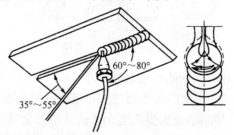

图 2-20　仰焊示意图

① 采用较小的火焰能率进行焊接。

②　严格掌握熔池的大小和温度，使液体金属始终处于较稠的状态，以防止下淌。

③　焊接时采用较细的焊丝，以薄层堆敷上去，有利于控制熔池温度。

④　焊炬和焊丝具有一定角度。焊炬可作不间断运动，焊丝则作月牙形运动，并始终浸在熔池内。

⑤　仰焊时要注意操作姿势，同时应选择较轻便的焊炬和细软的胶管，以减轻焊工的劳动强度。特别要注意采取适当防护措施，防止飞溅金属或跌落的液体金属烫伤面部和身体。

5．焊接质量要求

①　焊缝宽度 6～8mm，焊缝余高 0～2mm，焊道成形应整齐美观。

②　定位焊产生缺陷时，必须铲除或打磨修补，以保证质量。

③　焊缝边缘和母材要圆滑过渡，无咬边。

④　焊缝不能过高、过低、过宽、过窄，不允许有粗大的焊瘤和凹坑。

⑤　焊缝背面必须均匀焊透。

2.3　气焊与气割安全

2.3.1　安全基本知识

1．气焊、气割的安全技术

（1）气焊、气割操作中的安全事故原因及防护措施

由于气焊、气割使用的是易燃、易爆气体及各种气瓶，而且又是明火操作，因此在气焊、气割过程中存在很多不安全的因素。如果不小心，就会造成安全事故。因此必须在操作中遵守安全规程并予以防护。

①　爆炸事故原因。

a．气瓶温度过高引起爆炸。气瓶内的压力与温度有密切关系，随着温度的上升，气瓶内的压力也将上升。当压力超过气瓶耐压极限时就将发生爆炸。因此，应严禁暴晒气瓶，气瓶的放置应远离热源，以避免湿度升高引起爆炸。

b．气瓶受到剧烈振动也会引起爆炸，要防止磕碰和剧烈颠簸。

c．可燃气体与空气或氧气混合比例不当，会形成具有爆炸性的预混气体。要按照规定控制气体混合比例。

d．氧气与油脂类物质接触也会引起爆炸。要隔绝油脂类物质与氧气的接触。

②　火灾及其防护措施。

由于气焊、气割是明火操作，特别是气割中会产生大量飞溅的氧化物熔渣，如果火星和高温熔渣遇到可燃、易燃物质，就会引起火灾，威胁国家财产和焊工安全，造成重大危害。

③　烧伤、烫伤及其防护措施。

a. 因焊炬、割炬漏气而造成烧伤。

b. 因焊炬、割炬无射吸能力发生回火而造成烧伤。

c. 气焊、气割中产生的火花和各种金属及熔渣飞溅,尤其是全位置焊接与切割还会出现熔滴下落现象,更易造成烫伤。因此,焊工要穿戴好防护器具,控制好焊接、气割的速度,减少飞溅和熔滴下落。

④ 有害气体中毒及其防护措施。

气焊、气割中会遇到各类不同的有害气体和烟尘。

铅的蒸发引起铅中毒,焊接黄铜产生的锌蒸气引起锌中毒。

有毒元素引起焊工急性中毒。有色金属焊剂中含有的氯化物和氟化物,在焊接中会产生氯盐和氟盐的燃烧产物,会引起焊工急性中毒。

硫化氢、磷化氢引起中毒。乙炔和液化石油气中均含有一定的硫化氢、磷化氢,也都能引起中毒。

所以,气焊、气割中必须加强通风。

(2)气瓶的安全技术

① 氧气瓶使用安全技术。

a. 氧气瓶在使用过程中,必须根据国家《气瓶安全监察规程》要求,进行定期的技术检验。

b. 氧气瓶在运送时应避免相互碰撞,不能与可燃气瓶、油料及其他可燃物放在一起运输。在厂内运输时应用专用小车,并牢固固定,不能把氧气瓶放在地上滚动,以免发生事故。

c. 使用氧气瓶前,应稍打开瓶阀,吹掉瓶阀上黏附的细屑或脏物后立即关闭,然后接上减压器使用。

d. 开启瓶阀时,应站在瓶阀气体喷出方向的侧面并缓慢开启,避免气流朝向人体。

e. 严禁让粘有油、脂的手套、棉纱和工具同氧气瓶、瓶阀、减压器及管路等接触。

f. 操作中氧气瓶与乙炔瓶、明火和热源之间的距离应大于 5m。

g. 瓶阀发生冻结现象时,严禁使用火焰加热或使用铁器一类的东西猛击,只可用热水或水蒸气解冻。

h. 气瓶和电焊在同一作业地点使用时,为了防止气瓶带电,应在瓶底垫上绝缘物。

i. 氧气瓶内的气体不能全部用尽,应留有余压 0.1～0.3MPa,并关紧阀门,防止漏气,使瓶内保持正压,防止空气进入。

j. 要消除带压力的氧气瓶泄漏,禁止采用拧紧瓶阀或垫圈螺母的方法。禁止手托瓶帽移动氧气瓶。禁止使用氧气代替压缩空气吹净工作服、乙炔管道。禁止将氧气用做试压和气动工具的气源。禁止用氧气对局部焊接部位通风换气。

② 溶解乙炔气瓶使用安全技术。

a. 乙炔瓶必须由国家定点厂家生产,新瓶的合格证必须齐全,并与钢瓶肩部的钢印相符。使用过程中,气瓶必须根据国家《溶解乙炔气瓶安全监察规程》的要求,进行定期技术检验。

b. 溶解乙炔气瓶搬运、装卸、使用时都应竖立放稳,严禁在地面上卧放使用。一旦要使用卧放过的乙炔瓶,必须先直立,静止放置 20 min 后再连接乙炔减压器使用。

c. 乙炔气瓶一般应在 40℃ 以下使用。当环境温度超过 40℃ 时,应采取有效的降温措施。

d. 乙炔气瓶使用时,禁止敲击、碰撞,不得靠近热源和电气设备。

e. 使用乙炔气瓶时，必须安装回火防止器。开启瓶阀时，焊工应站在阀口侧后方，动作要轻缓，瓶阀开启不要超过 1½圈。一般情况下，只开启 3/4 圈。

f. 乙炔瓶阀必须与乙炔减压器连接可靠。严禁在漏气的情况下使用，否则，一旦触及明火将可能发生爆炸事故。

g. 乙炔气瓶内气体严禁用尽，必须留有一定的剩余压力（0.1MPa）。

h. 禁止在乙炔瓶上放置物件、工具，或缠绕、悬挂橡胶软管和焊炬、割炬等。

i. 瓶阀冻结时，可用 40℃热水解冻。严禁火烤。

③ 液化石油气瓶使用安全技术。

a. 液化石油气瓶的制造应符合《液化石油气钢瓶》的规定。瓶阀必须密封严实，瓶座、护罩齐全。使用过程中应定期做水压试验。

b. 气瓶应距离明火和飞溅火花不小于 5 m。露天使用时，瓶体应避免日光直晒。

c. 气瓶内不得充满液体，必须留出 20%的汽化空间，以防止液体随环境温度的升高而膨胀，导致气瓶破裂。

d. 冬季使用时，可用 40℃以下的温水加热或用蛇管式或列管式热水汽化器。禁止把液化石油气瓶直接放在加热炉旁或用明火烘烤。

e. 液化石油气瓶应加装减压器，禁止用胶管直接同气瓶阀连接。

f. 气瓶所剩残液不得自行倒出，因残液蒸发可能会造成事故。

g. 液化石油气瓶内的气体禁止用尽。瓶内应留有一定量的余气，便于充装前检查气样和防止其他气体进入瓶内。

h. 要经常注意检查气瓶阀门及连接管接头等处的密封情况，防止漏气。气瓶用完后要关闭全部阀门，严防漏气。

i. 用旧的氧气瓶或乙炔瓶充装液化气时，必须有明显标志，以防止气体混用造成事故。

（3）减压器的使用安全技术

① 减压器应选用符合国家标准规定的产品。如果减压器存在表针指示失灵，阀门泄漏，表体含有油污未处理等缺陷，应禁止使用。

② 氧气瓶、溶解乙炔瓶、液化石油气瓶等都应使用各自专用的减压器，不得自行换用。

③ 安装减压器前，应稍许打开气瓶阀吹除瓶口上的污物。瓶阀应慢慢打开，不得用力过猛，以防止高压气体冲击损坏减压器。焊工应站立在瓶口的一侧。

④ 减压器应牢固地安装在气瓶上。采用螺纹连接时要拧紧 5 个螺距以上；采用专用夹具压紧时，装夹应平整牢靠，防止减压器使用中脱落造成事故。

⑤ 当发现减压器发生自流现象和减压器漏气时，应迅速关闭气瓶阀，卸下减压器，并送专业修理点检修，不准自行修理后使用。新修好的减压器应有检修合格证明。

⑥ 同时使用两种气体进行焊接时，不同气瓶减压器的出口端应各自装有单向阀，防止相互倒灌。

⑦ 禁止用棉、麻绳或一般橡胶等易燃材料作为氧气减压器的密封垫圈。

⑧ 必须保证液化石油气、溶解乙炔或二氧化碳等用的减压器位于瓶体的最高部位，防止瓶内液体流入减压器。

⑨ 冬季使用减压器应采取防冻措施。如果发生冻结，应用热水或水蒸气解冻，严禁火烤、锤击和摔打。

⑩ 减压器卸压的顺序是：首先，关闭高压气瓶的瓶阀；然后，放出减压器内的全部余气；最后，放松压力调节螺钉使表针降至零位。不准在减压器上挂放任何物件。

2. 焊炬、割炬的使用安全技术

① 焊炬和割炬应符合《等压式焊炬、割炬》（JB/F794—1999）、《射吸式焊炬》（JB/T6969—1993）、《射吸式割炬》（JB/6970—1993）的要求。

② 焊炬、割炬的内腔要光滑，气路通畅，阀门严密，调节灵敏，连接部位紧密而不泄漏。

③ 焊工在使用焊炬、割炬前应检查焊炬、割炬的射吸能力。检查的方法是：将氧气胶管接到焊炬、割炬的氧气接头上；开启氧气，调节至工作压力；开启焊炬、割炬的乙炔阀门和混合氧气阀门，使氧气自焊嘴、割嘴中喷出；检查乙炔进口是否有向内的吸力。如果乙炔口有足够的吸力并随着氧气流量的增大而增强，则说明焊炬、割炬有射吸能力，是合格的；如果开启氧气阀门后乙炔气入口处无内吸力或有氧气流出，则说明焊炬、割炬没有射吸能力，是不合格的。严禁使用没有射吸能力的焊炬、割炬。

④ 检查合格后才能点火。点火时应先把氧气阀稍微打开，然后打开乙炔阀。点火后立即调整火焰，使火焰达到正常情况。或者可在点火时先开乙炔阀点火，使乙炔燃烧并冒烟灰，此时立即开氧气阀调节火焰。这种方法的缺点是有烟灰；优点是当焊炬不正常，点火并开始送气后，发生回火现象便于立即关闭氧阀，防止回火爆炸。

⑤ 停止使用时，应先关乙炔阀，然后关氧气阀，以防止火焰倒流和产生烟灰。当发生回火时，应先迅速关闭氧气阀，再关乙炔阀。等回火熄灭后，应将焊嘴放在水中冷却，然后打开氧气阀，吹除焊炬内的烟灰，再点火使用。

⑥ 禁止在使用中把焊炬、割炬的嘴在平面上摩擦来清除嘴上的堵塞物。不准把点燃的焊炬、割炬放在工件或地面上。

⑦ 焊炬、割炬上均不允许沾染油脂，以防遇氧气产生燃烧和爆炸。

⑧ 焊嘴和割嘴温度过高时，应暂停使用或放入水中冷却。

⑨ 焊炬、割炬暂不使用时，不可将其放在坑道、地沟或空气不流通的工件以及容器内。防止因气阀不严密而漏出乙炔，使这些空间内存积易爆炸混合气，导致遇明火而发生爆炸。

⑩ 使用完毕后，应将焊炬连同胶管一起挂在适当的地方，或将胶管拆下，将焊炬放在工具箱内。

3. 橡胶软管的使用安全技术

① 胶管要有足够的抗压强度和阻燃特性。

② 新胶管使用前，应将管内滑石粉吹除干净。

③ 胶管应避免暴晒、雨淋，避免和其他有机溶剂（酸、碱、油）接触，存放温度在-15～40℃。

④ 工作前应检查胶管有无磨损、扎伤、刺孔、老化裂纹等，发现有上述情况应及时修理或更换。禁止使用回火烧损的胶管。

⑤ 胶管的长度一般在10～15 m为宜，过长会增加气体流动的阻力。氧气胶管两端接头用夹子夹紧或用软钢丝扎紧。乙炔胶管只要能插上不漏气便可，不要连接过紧。

⑥ 液化石油气胶管必须使用耐油胶管，爆破压力应大于4倍工作压力。

2.3.2　气焊、气割安全操作规程

① 所有独立从事气焊、气割作业人员必须经劳动安全部门或指定部门培训，经考试合格后持证上岗。

② 气焊、气割作业人员在作业中应严格按各种设备及工具的安全使用规程操作设备和使用工具。

③ 所有气路、容器和接头的检漏应使用肥皂水，严禁明火检漏。

④ 工作前应将工作服、手套及工作鞋、护目镜等穿戴整齐。各种防护用品均应符合国家有关标准的规定。

⑤ 各种气瓶均应竖立稳固或装在专用的胶轮车上使用。

⑥ 气焊、气割作业人员应备有开启各种气瓶的专用扳手。

⑦ 禁止使用各种气瓶做登高支架或支撑重物的衬垫。

⑧ 焊接与切割前应检查工作场地周围的环境，不要靠近易燃、易爆物品。如果有易燃、易爆物品，应将其移至 5m 以外。要注意氧化渣在喷射方向上是否有他人在工作，要安排他人避开后再进行切割。

⑨ 焊接或切割盛装过易燃及易爆物料（如油、漆料、有机溶剂、脂等）、强氧化物或有毒物料的各种容器（桶、罐、箱等）、管段、设备，必须遵守《化工企业焊接与切割中的安全》有关章节的规定，采取安全措施。并且应获得本企业和消防管理部门的动火证明后才能进行作业。

⑩ 在狭窄和通风不良的地沟、坑道、检查井、管段等半封闭场所进行气焊、气割作业时，应在地面调节好焊炬、割炬混合气，并点好火焰，再进入焊接场所。焊炬、割炬应随人进出，严禁放在工作地点。

⑪ 在密闭容器、桶、罐、舱室中进行气焊、气割作业时，应先打开施工处的孔、洞、窗，使内部空气流通，防止焊工中毒烫伤。必要时要有专人监护。工作完毕或暂停时，焊炬、割炬及胶管必须随人进出，严禁放在工作地点。

⑫ 禁止在带压力或带电压的容器、罐、柜、管道、设备上进行焊接和切割作业。在特殊情况下需从事上述工作时，应向上级主管安全部门申请，经批准并做好安全防护措施后方可进行操作。

⑬ 焊接切割现场禁止将气体胶管与焊接电缆、钢绳绞在一起。

⑭ 焊接切割胶管应妥善固定，禁止缠绕在身上作业。

⑮ 在已停止运转的机器中进行焊接与切割作业时，必须彻底切断机器的电源（包括主机、辅助机、运转机构）和气源，锁住启动开关，并设置明确安全标志，由专人看管。

⑯ 禁止直接在水泥地上进行切割，防止水泥爆炸。

⑰ 切割工件应垫高100 mm以上并支架稳固，对可能造成烫伤的火花飞溅进行有效防护。

⑱ 对悬挂在起重机吊钩或其他位置的工件及设备，禁止进行焊接与切割。如必须进行焊接切割作业，应经企业安全部门批准，采取有效安全措施后方准作业。

⑲ 气焊、气割所有设备上禁止搭架各种电线、电缆。

⑳ 露天作业时遇有六级以上大风或下雨时应停止焊接或切割作业。

2.4 实训项目

1. 实训项目1（低碳钢Q235试件的划线）

【操作步骤】

（1）准备试件

划线是在毛坯或工件上，用划线工具划出待加工部位的轮廓线或作为基准的点线。划线时应根据设计图样上的图形和尺寸，准确地按1：1的比例在待下料的钢材表面上划出加工界线。划线的作用是确定零件各加工表面的余量和孔的位置，使零件加工时有明确的标志；还可以检查毛坯是否正确，对于有些误差不大，但已属不合格的毛坯，可以通过借料得到挽救。划线的精度要求在0.25～0.5mm范围内。

（2）划线规则

① 垂线必须用作图法。

② 用划针或石笔划线时，应紧抵直尺或样板的边沿。

③ 用圆规在钢板上划圆、圆弧或分量尺寸时，应先打上样冲眼，以防圆规尖滑动。

④ 平面划线应遵循先画基准线，后按由外向内，从上到下，从左到右的顺序划线的原则。先划基准线，是为了保证加工余量的合理分布。划线之前应该在工件上选择一个或几个面或线作为划线的基准，以此来确定工件其他加工表面的相对位置。一般情况下，以底平面、侧面、轴线为基准。

划线的准确度取决于作图方法的正确性、工具质量、工作条件、作图技巧、经验、视觉的敏锐程度等因素。除以上因素之外，还应考虑到工件因素，即工件加工成形时气割、卷圆、热加工等的影响；装配时板料边缘修正和间隙大小的装配公差影响；焊接和火焰矫正时的收缩影响等。

（3）划线的方法

① 平面划线与几何作图相似，在工件的一个平面上划出图样的形状和尺寸。有时也可以采用样板一次划成。

② 立体划线是在工件的几个表面上划线，亦即在长、宽、高三个方向上划线。

（4）划线时应注意的问题

① 熟悉焊接结构的图样和制造工艺，根据图样检验样板、样杆，核对选用的钢号、规格应符合规定的要求。

② 检查钢板表面是否有麻点、裂纹、夹层及厚度不均匀等缺陷。

③ 划线前应将材料垫平、放稳，划线时要尽可能使线条细且清晰，笔尖与样板边缘间不要内倾和外倾。

④ 划线时应标注各道工序用线，并加以适当标记，以免混淆。

⑤ 弯曲零件时，应考虑材料的轧制纤维方向。

⑥ 钢板两边不垂直时，一定要去边。划尺寸较大的矩形时，一定要检查对角线。

⑦ 划线的毛坯，应注明产品的图号、件号和钢号，以免混淆。

⑧ 注意合理安排用料，提高材料的利用率。

常用的划线工具有划线平台、划针、划规、角尺、样冲、曲尺、石笔、粉线等。直线长不超过 1m 可用直尺划线。划针尖或石笔尖紧抵钢直尺，向钢直尺的外侧倾斜 15°～20° 划线，同时向划线方向倾斜。直线长不超过 5m 用弹粉法划线。弹粉线时把线两端对准所划直线的两端点，拉紧使粉线处于平直状态，然后垂直拿起粉线，再轻放。线较长时，应弹两次，以两线重合为准；或在粉线中间位置垂直按下，左右弹两次完成。直线超过 5m 用拉钢丝的方法划线，钢丝直径 0.5～1.5mm。操作时，两端拉紧并用两垫块垫托，其高度尽可能低些，然后可用 90°角尺靠紧钢丝的一侧，在 90°下端定出数点，再用粉线以三点弹成直线。

2. 实训项目 2（中厚板直线切割）

采用氧乙炔气割，沿纵向每间隔 12mm 切割一条钢板，切口应与割件平面相垂直，割纹均匀平整，割缝挂渣少且较直。

【操作步骤】

（1）准备试件

① 气割焊前准备。

● 试件材料：Q235。

● 试件尺寸：300mm×200mm×12mm，如图 2-21 所示。

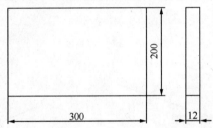

图 2-21　试件尺寸

● 气割设备及工具：氧气瓶、减压器、乙炔瓶、割炬（G01-100）3 号环形（或梅花形）、割嘴、橡胶软管。

● 辅助工具：护目镜、点火枪、通针、钢丝刷等。

② 清理。

用钢丝刷等工具将表面的铁锈、磷皮和脏物等仔细清理干净，然后将割件用耐火砖垫空，便于切割。

（2）点火

点火前应先检查割炬的射吸能力。将割炬的氧气接通，拧开预热氧气调节阀手轮，用左手拇指轻触乙炔气接头，当手指感到有吸力时，则说明割炬射吸性能良好，可以使用。

点火时，先稍打开预热氧阀，再打开乙炔气阀，开始点火。手要避开火焰，防止烧伤，将火焰调成中性焰或轻微氧化焰。然后打开割炬上的切割氧开关，并增大氧气流量，使切割氧气流的形状成为笔直而清晰的圆柱体，并有一定长度。否则，应关闭割炬上所有的阀门，用通针进行休整或调整内外嘴的同轴度。将预热火眼和风线调整好，关割炬上的切割开关准备起割。

（3）操作

要注意气割姿势，一般采用以下操作姿势。双脚呈八字形蹲在工件的一旁，右臂靠住右膝盖，左臂悬空在两脚中间，以便移动割炬。右手握住割炬手柄，并以右手的拇指和食指控制预热氧的阀门，便于调整预热火焰和当回火时及时切断预热氧气。左手的拇指和食指握住切割氧气的阀门，同时起掌握方向的作用，其余三指平稳地托住混合气管。操作时上身不要弯得太低，呼吸要有节奏，眼睛应注视工件、割嘴和割线。

开始切割时，先预热钢板的边缘，待边缘呈现亮红色时，将火焰局部移出边缘线以外，同时慢慢打开切割氧气阀门。当看到被预热的红点在氧气流中被吹掉时，进一步开大切割氧气阀门，看到割件背面飞出鲜红的氧化金属渣时，证明割件已被割透，此时应根据割件的厚度以适当的速度从右向左移动进行切割。

3．实训项目 3（厚板直线切割）

【操作步骤】

（1）起割

由割件边缘棱角处开始预热，准确控制割嘴与割件间的垂直度，如图 2-22 所示。将割件预热到切割温度时，逐渐开大切割氧压力，并将割嘴稍向气割方向倾斜 5°～10°，如图 2-23 所示。当割件边缘全部割透时，再加大切割氧流，并使割嘴垂直于割件，进入正常气割过程。

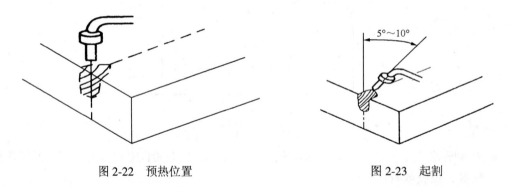

图 2-22　预热位置　　　　　　　　　　　　图 2-23　起割

（2）正常气割

起割后，为了保证割缝的质量，在整个气割过程中，割炬移动速度要均匀，割嘴离割件表面的距离要保持一定。若身体需更换位置，应先关闭切割氧气阀门，待身体的位置移好后，再将割嘴对准待割处，适当加热，然后慢慢打开切割氧气阀门，继续向前切割。

在气割过程中，有时因割嘴过热或氧化铁渣的飞溅，使割嘴堵塞或乙炔供应不足时，会出现鸣爆和回火现象。此时，必须迅速关闭预热氧气和切割氧气阀门，切断氧气供给，防止出现回火。如果仍然听到割炬里还有"嘶嘶"的响声，则说明火焰没有完全熄灭，此时，应迅速关闭乙炔阀门，或者拔下割炬上的乙炔软管，将回火的火焰排出。以上处理正常后，要重新检查割炬的射吸力，然后才允许重新点燃割炬工作。

在中厚钢板的正常气割过程中，割嘴要始终垂直于割件作横向月牙形或"之"字形摆动，如图 2-24 所示。移动速度要慢，并且应连续进行，尽量不中断气割，避免割件温度下降。

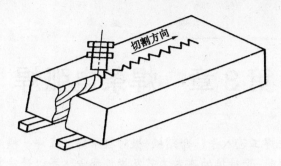

图 2-24　割嘴沿切割方向作横向摆动示意图

（3）停割

气割过程临近终点时，割嘴应沿气割方向的反方向倾斜一个角度，以便钢板的下部提前割透，使割缝在收尾处整齐美观。当到达终点时，应迅速关闭切割氧气阀门并将割炬抬起，再关闭乙炔阀门，最后关闭预热氧阀门。松开减压器调节螺钉，将氧气放出。停割后，要仔细清除割缝边缘的挂渣，便于以后的加工。结束工作时，应将减压器卸下并将乙炔供气阀门关闭。中厚钢板如果遇到割不透时，允许停焊，并从割线的另一端重新起割。

 思考题 2

1. 气割姿势是怎样的？为什么？
2. 气割前为何要将被切割金属的切割线部位的氧化层清理干净？
3. 气焊设备由哪几部分组成？典型设备及用具有哪些？
4. 气焊操作应注意哪些问题？
5. 气焊 3mm 厚低碳钢板时，选择哪种焊炬？
6. 气割厚大件时，操作要点是什么？
7. 氧气瓶是由几部分组成的？
8. 使用氧气瓶时应注意哪些事项？
9. 使用回火保险器有哪些注意事项？
10. 简述 H01-6 型焊炬的构造和工作原理。
11. 焊炬常见的故障有哪些？如何排除？
12. 为什么会发生回火？发生回火时怎么处理？

第 3 章　焊条电弧焊

本章从板-板对接平焊工艺入手，介绍板-板对接平焊、立焊、横焊与仰焊的工艺及操作要点；介绍管-板对接及管-管对接的基本工艺及操作要点；并以最基本的板、管等典型部件焊接训练为手段，提高学生基本操作技能；分析常规缺陷及解决办法；介绍基本焊位焊条电弧焊的安全操作要求。

学习目标

- 了解焊条电弧焊工艺，能够根据工件的厚度、焊位及其他要求调整工艺参数。
- 掌握板-板对接平焊、立焊、横焊与仰焊的操作要领。
- 掌握管-板对接及管-管对接焊的操作要领，能够进行低碳钢管平焊、全位置焊。
- 能够进行安全操作。
- 能够对所用焊机进行日常维护。
- 了解基本缺陷产生的原因，并能够进行工艺及操作方面的控制。

3.1　板-板对接

3.1.1　工艺知识

板-板对接是焊接结构生产中的最基本、最常用的工艺。选择好焊接设备、焊条型号与基本工艺参数是焊接质量的重要保障。

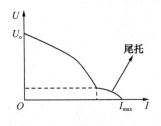

图 3-1　带有尾托的外特性

1. 设备选择与调节

（1）设备选择

① 尽量选择如图 3-1 所示的带有尾托外特性的弧焊机。这样使短路电流上升快，电流大，焊接过程稳定。逆变弧焊机通常具有这样的特性。

② 尽量选择交直流两用弧焊机，以适应各种焊条。

③ 动特性要好，使引弧容易，电弧稳定，焊缝成形美观，飞溅小。

④ 额定焊接电流 I_e 适当。一般训练及考核用焊机的 I_e 在 50~400A 为宜。太小则不适合中厚板焊接，太大则不适合薄板焊接，且浪费电力。

⑤ 抗过载能力要强。由于初学者焊接操作时短路时间较长，短路电流较大，易烧损焊机。

（2）设备调节及日常维护

① 设备调节要尽量方便简单，单旋钮要好于多旋钮。

② 日常维护简单易行。

2．焊条与基本焊接工艺参数选择

（1）常用焊条种类及应用

① 常用焊条有焊接结构钢的酸性焊条、碱性焊条；焊接低温钢的纤维素焊条；不锈钢焊条。碱性焊条使用前要烘干，焊接重要产品时，每个焊工应配备一个焊条保温筒。

② 焊条尺寸如表 3-1 所示。

表 3-1　焊条尺寸

焊 条 直 径		焊 条 长 度	
基本尺寸（mm）	极限偏差（mm）	基本尺寸（mm）	极限偏差（mm）
1.6	±0.05	200~250	±2.0
2.0		250~350	
2.5			
3.2		350~450	
4.0			
5.0			

（2）焊接工艺参数选择与调整（以 ZX7-400/ 500 STG 型手-氩两用直流弧焊机为例）

① 前面板如图 3-2 所示，各部分功能如下。

1——电流/电压显示表

显示转换开关处于"A"侧，空载时显示电流给定值，焊接时显示实际焊接电流值；显示转换开关处于"V"侧，显示实际输出电压值。

2——焊接电流调节旋钮

近控时使用，用于调节焊接电流。根据板厚和焊条直径大小进行调整。

3——推力电流/衰减时间调节旋钮

近控时使用。手弧焊时，调节推力电流大小；氩弧焊时，调节收弧时间，以减小弧坑大小。

4——起弧电流调节旋钮

手弧焊时使用。调节引弧电流的大小。

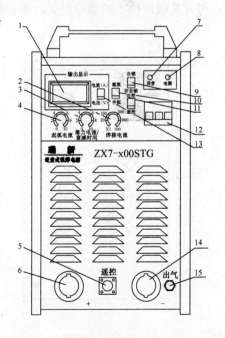

图 3-2　前面板

5——遥控 TIG 插座

远距离进行焊接作业时，遥控盒通过遥控电缆与该插座相接，将控制方式开关置于"遥控"位置。可以从遥控盒上调节焊接电流、推力电流或衰减时间的大小。

近距离进行氩弧焊时，可把氩弧焊枪上的控制电缆直接插在该插座上，进行控制；也可同上连接。

6——焊接电缆快速插座（+）

用于手弧焊时，此插座接焊钳；用于氩弧焊时，此插座接被焊工件。

7——异常指示灯

当弧焊电源内温度过高时，弧焊电源停止工作，异常指示灯亮。

8——电源指示灯

指示 380V 电源是否接通。接通时灯亮。

9——自锁/非自锁转换开关

10——工作方式转换开关

开关处于"手弧"位置时，弧焊电源处于直流手弧焊工作状态；开关处于"氩弧"位置时，弧焊电源处于氩弧焊工作状态。

11——控制方式转换开关

开关处于"近控"位置时，可在面板上调节焊接电流、推力电流、衰减时间的大小；开关处于"遥控"位置时，可在距离弧焊电源较远的地方，通过遥控盒来调节上述参数的大小。

12——空气开关

此开关接三相电源进线，其作用主要是在弧焊电源过载或发生故障时自动断电，以保护弧焊电源。一般情况下，此开关向上扳至接通位置，启停弧焊电源应使用用户配电柜上的电源开关或焊位上的墙壁开关。不要把本开关当做电源开关使用。

13——电流/电压显示转换开关

14——焊接电缆快速插座（-）

用于手弧焊时，此插座接被焊工件；用于氩弧焊时，此插座接氩弧焊枪。

15——出气嘴

与氩弧焊枪气管相连。

② 后面板如图 3-3 所示，各部分功能如下。

1——铭牌

2——风机

对机内发热器件进行冷却，输入电缆的接线相序应保证风机转向与要求相符（向机内吹风）。

3——进气嘴

用气管与氩气流量计相连。

4——接地螺栓（标志）

为保证人身安全和弧焊源的正常使用，请务必用导线将此螺栓可靠接地，或者将输入电缆中的接地线

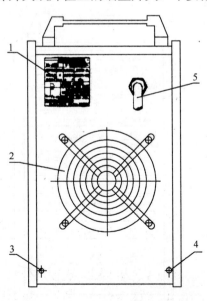

图 3-3　后面板

可靠接地。

5——电源输入电缆

四芯电缆。花色线用于接地，其余三根线接三相 380V/50Hz 电源。

（3）主要焊接工艺参数选择与调整

① 合上配电柜上的电源总（分）开关或焊位上的墙壁开关，这时焊机风冷电机启动。

② 用一根焊条试焊，试焊焊条应与练习或考试焊条一致。要达到启弧容易，电弧声音较小且有规则，熄弧容易。

注意：如果不能引弧，先检查焊接回路是否接通，再检查焊件、焊条是否被绝缘。

③ 如果效果不理想，则调整前面板上的 2、3、4 旋钮，以旋钮 2 为主，直到满意为止。

④ 焊接电流选择尽量与工艺要求值一致。如果是初次操作，应参考有关手册。实际焊接电流值应在手册推荐值附近。

⑤ 焊接电流的确定应采用取中值方法，以节省调整时间。

3.1.2　焊接操作

1. 平焊操作

操作要点及注意事项如下。

（1）平焊操作姿势

平焊时，一般采用蹲式操作，如图 3-4 所示。蹲姿要自然，两脚夹角为 70°～85°，两脚距离为 240～260mm。持焊钳的胳膊半伸开，要悬空无依托地操作。

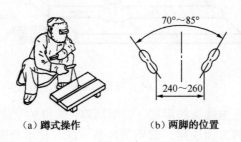

（a）蹲式操作　　　　（b）两脚的位置

图 3-4　平焊操作姿势

（2）引弧

引弧操作时首先用防护面罩挡住面部，将焊条末端对准引弧处。焊条电弧焊采用接触法引弧，引弧方法有划擦法和直击法两种。

① 划擦引弧法先将焊条末端对准引弧处，然后像划火柴似地使焊条在焊件表面利用腕力轻轻划擦一下，划擦距离 10～20 mm，并将焊条提起 2～3 mm，如图 3-5（a）所示，电弧即可引燃。引燃电弧后，应保持电弧长度不超过所用焊条直径。

② 直击引弧法先将焊条垂直对准焊件待焊部位轻轻触击，并将焊条适时提起 2～3 mm，如图 3-5（b）所示，即引燃电弧。直击法引弧不能用力过大，否则容易将焊条引弧端药皮碰裂，甚至使其脱落，影响引弧和焊接。

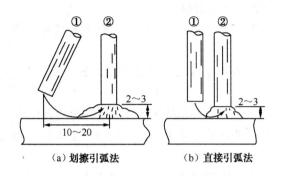

（a）划擦引弧法　　　　　　（b）直接引弧法

图 3-5　引弧的方法

引弧时，不得随意在焊件（母材）表面上"打火"，尤其是高强度钢、低温钢、不锈钢。这是因为电弧擦伤部位容易引起淬硬或微裂，不锈钢则会降低耐蚀性。所以引弧应在待焊部位或坡口内。

（3）运条

运条一般分三种基本运动（见图 3-6）：沿焊条中心线向熔池送进，沿焊接方向均匀移动和横向摆动。上述三种动作不能机械地分开，而应相互协调，才能焊出满意的焊缝。

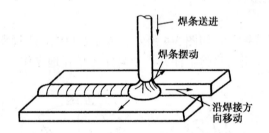

图 3-6　焊条的运动

运条的方法很多，应根据接头的形式、装配间隙、焊缝的空间位置、焊条的直径与性能、焊接电流及焊工技术水平等方面选用。常用的运条方法及使用范围参见表 3-2。

（4）焊缝的起头、收尾和接头

① 焊缝的起头。焊缝的起头是焊缝的开始部分，由于焊件的温度很低，引弧后又不能迅速地使焊件温度升高，一般情况下这部分焊缝余高略高，熔深较浅，甚至会出现熔合不良和夹渣。因此引弧后应稍拉长电弧对工件预热，然后压低电弧进行正常焊接。

平焊和碱性焊条多采用回焊法，从距离始焊点 10mm 左右处引弧，回焊到始焊点，如图 3-7 所示，逐渐压低电弧，同时焊条微微摆动，从而达到所需要的焊道宽度，然后进行正常的焊接。

表 3-2　常用的运条方法及使用范围

运条方法		运条示意图	应用范围
8 字形运条法			对接接头厚焊件平焊
直线形运条法			薄板对接平焊 多层焊的第一层及多层多道焊
直线往复形运条法			薄板焊 对接平焊（间隙较大）
锯齿形运条方法			对接接头平焊、立焊、仰焊 角接接头立焊
月牙形运条法			管的焊接 对接接头平焊、立焊、仰焊 角接接头立焊
三角形 运条法	斜三角形		角接接头仰焊 开 V 形坡口对接接头横焊
	正三角形		角接接头立焊 对接接头
圆圈形 运条法	斜圆圈形		角接接头、仰焊 对接接头横焊
	正圆圈形		对接接头厚板件平焊

② 焊缝的收尾。焊缝结束时不能立即拉断电弧，否则会形成弧坑，如图 3-8 所示。弧坑不仅减小焊缝局部截面积而削弱强度，还会引起应力集中；而且弧坑处含氢量较高，易产生延迟裂纹，有些材料焊后在弧坑处还容易产生弧坑裂纹。所以焊缝应进行收尾处理，以保证连续的焊缝外形，维持正常的熔池温度，逐渐填满弧坑后熄弧。

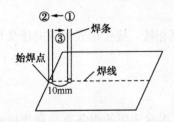

图 3-7　焊缝的起头

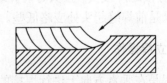

图 3-8　弧坑

收尾方法有反复断弧收尾法、划圈收尾法、回焊收尾法三种，如图 3-9 所示。

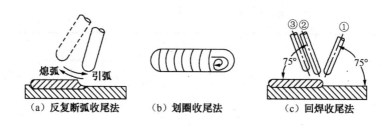

（a）反复断弧收尾法　　　　（b）划圈收尾法　　　　（c）回焊收尾法

图 3-9　常见焊缝收尾法

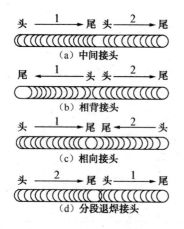

（a）中间接头

（b）相背接头

（c）相向接头

（d）分段退焊接头

1—前焊缝；2—后焊缝

图 3-10　焊缝接头形式

a．反复断弧收尾法是焊到焊缝终端，在熄弧处反复进行点弧动作到填满弧坑为止。该法不适用于碱性焊条。

b．划圈收尾法是焊到焊缝终端时，焊条作圆圈形摆动，直到填满弧坑再拉断电弧。此法适用于厚板。

c．回焊收尾法是焊到焊缝终端时在收弧处稍作停顿，然后改变焊条角度向后回焊 20～30mm，再将焊条拉向一侧熄弧。此法适用于碱性焊条。

③ 焊缝接头。由于焊条长度有限，不可能一次连续焊完长焊缝，因此出现接头问题。这不仅关系到外观成形问题，还涉及焊缝的内部质量，所以要重视焊缝的接头问题。焊缝的接头形式分为四种，如图 3-10 所示。

a．中间接头，这是用得最多的一种，接头时在前焊缝弧坑前约 10 mm 处引弧。电弧长度可稍大于正常焊接，然后将电弧拉到原弧坑 2/3 处，待填满弧坑后再向前转入正常焊接。此法适用于单层焊及多层多道焊的盖面层接头。

b．相背接头，即两焊缝的起头相接。接头时要求前焊缝起头处略低些，在前焊缝起头前方引弧，并稍微拉长电弧运弧至起头处覆盖住前焊缝的起头，待焊平后再沿焊接方向移动。

c．相向接头，接头时两焊缝的收尾相接，即后焊缝焊到前焊缝的收尾处，焊接速度略减慢些，填满前焊缝的弧坑后，再向前运弧，然后熄弧。

d．分段退焊接头，接头时前焊缝起头和后焊缝收尾相接。接头形式与相向接头情况基本相同，只是前焊缝起头处应略低些。

2．立焊操作

立焊是在垂直方向上进行焊接的一种操作方法。立焊时选用的焊条直径和焊接电流均应小于平焊，并采用短弧焊接。有两种操作方法，一种是由下向上施焊，这是目前生产中常用的一种方法，称为立向上焊，或简称为立焊；另一种是由上向下施焊，这种方法要求采用专用的立向下焊条才能保证焊缝质量。由下向上焊接可采用以下措施。

① 在对接时，焊条应与基体金属垂直，同时与焊缝成 60°～80° 的夹角。在角接立焊时，焊条与两板之间各为 45°，同样与焊缝成 60°～80°，如图 3-11 所示。

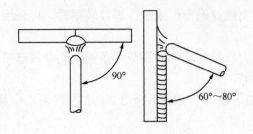

图 3-11　立焊时的焊条角度

② 用较细直径的焊条和较小的焊接电流，焊接电流一般比平焊小 10%～15%。

③ 采用短弧焊接，缩短熔滴金属过渡到熔池的距离。

④ 根据焊件接头形式的特点，选用合适的运条方法。

推荐对接接头立焊的 I 形坡口的对接立焊。一般选用跳弧法施焊，电弧离开熔池的距离尽可能短些，跳弧的最大弧长应不大于 6mm。在实际操作中，应尽量避免采用单纯的跳弧焊法，有时由于焊条的性能及焊缝的条件关系，可采用其他方法与跳弧法配合使用，如图 3-12 所示。

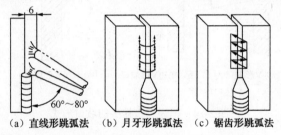

（a）直线形跳弧法　（b）月牙形跳弧法　（c）锯齿形跳弧法

图 3-12　I 形坡口对接立焊时各种运条方法

3. 横焊操作

横焊是在垂直面上焊接水平焊缝的一种操作方法。由于熔化金属受重力作用，容易下淌而产生各种缺陷，因此应采用短弧焊接，并选用较小直径的焊条、较小的焊接电流及适当的运条方法。

（1）I 形坡口的对接横焊

板厚为 3～5mm 时，可采用 I 形坡口的对接双面焊。正面焊接时选用直径为 3.2mm 或 4mm 的焊条，施焊时的角度如图 3-13 所示。

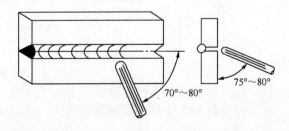

图 3-13　I 形坡口对接横焊时的焊条角度

焊件较薄时，可采用直线往返形运条法；焊件较厚时，可采用短弧直线形或小斜圆形运条法。

焊接速度应稍快些，力求做到均匀，避免焊条的熔化金属过多地聚集在某一点上而形成焊瘤和焊缝上部咬边等缺陷。

打底焊时，宜选用细焊条，一般选用 ϕ 3.2mm 的焊条，电流稍大些，用直线运条法焊接。

（2）V 形或 K 形坡口的对接横焊

横焊的坡口一般为 V 形或 K 形，其特点是下板不开或下板所开坡口角度小于上板，如图 3-14 所示，这样有利于焊缝成形。

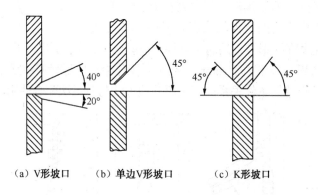

(a) V 形坡口　　(b) 单边 V 形坡口　　(c) K 形坡口

图 3-14　横焊对接接头的坡口形式

4．仰焊操作

仰焊时，焊缝位于焊接电弧的上方，焊工在仰视位置进行焊接。

焊接时，必须正确选用焊条直径和适当的焊接电流，以减小熔池的面积，尽量维持最短的电弧，有利于熔滴在很短的时间内过渡到熔池中去，促使焊缝成形。

（1）I 形坡口对接仰焊

当焊件的厚度小于 4mm 时，采用 I 形坡口的对接仰焊。应选用直径为 3.2mm 的焊条，施焊角度如图 3-15 所示。

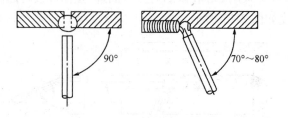

图 3-15　I 形坡口的对接仰焊

接头间隙小时，可采用直线形运条法；接头间隙稍大时，可采用直线往返形运条法进行焊接。

（2）V 形坡口对接仰焊

当焊件的厚度大于 5mm 时，采用开 V 形坡口的对接仰焊，常用多层焊或多层多道焊。焊接第一层焊缝时，可采用直线形、直线往返形、锯齿形运条法，要求焊缝表面要平直，不能向下凸出；在焊接第二层以后的焊缝时，采用锯齿形或月牙形运条法，如图 3-16 所示。

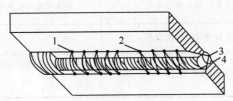

1—月牙形运条；2—锯齿形运条；3—第一层焊道；4—第二层焊道

图 3-16　V 形坡口对接仰焊的运条方法

不论采用哪种运条方法，焊成的焊道均不宜过厚。焊条的角度应根据每一焊道的位置作相应的调整，以利于熔滴金属的过渡和获得较好的焊缝。

3.1.3　常规缺陷分析与解决办法

1. 板-板对接平焊

板-板对接平焊时易出现的缺陷及排除方法如表 3-3 所示。

表 3-3　板-板对接平焊时易出现的缺陷及排除方法

缺 陷 名 称	产 生 原 因	排 除 方 法
焊接接头不良	换焊条时间长	换焊条速度要快
	收弧方法不当	将收弧处打磨成缓坡
背面出现焊瘤和未焊透	运条不当	掌握好运条时在坡口两侧停留的时间
	打底焊时，熔孔尺寸过大产生焊瘤，熔孔尺寸过小造成未焊透	注意熔孔尺寸的变化
咬边	焊接电流强度太大	适当减小电流强度
	运条动作不当	运条至坡口两侧时稍作停留
	焊条倾斜角度不合适	掌握好各层焊接时焊条的倾斜角度

2. 板-板对接立焊

板-板对接立焊时易出现的缺陷及排除方法如表 3-4 所示。

表 3-4 板-板对接立焊时易出现的缺陷及排除方法

缺 陷 名 称	产 生 原 因	排 除 方 法
焊缝成形不好	熔化金属受重力作用下淌	采用小直径焊条,短弧焊接
	运条时焊条角度不当	焊条角度应有利于托住熔池,保持熔滴过渡
焊瘤	熔化金属受重力作用容易下淌	铲除焊瘤
	熔池温度过高	注意熔池温度的变化,若熔池温度过高应立即灭弧或向上挑弧

3. 板-板对接横焊

板-板对接横焊时易出现的缺陷及排除方法如表 3-5 所示。

表 3-5 板-板对接横焊时易出现的缺陷及排除方法

缺 陷 名 称	产 生 原 因	排 除 方 法
焊缝上侧咬边、下侧焊瘤	熔化金属受重力作用下淌	采用斜圆形运条法,且每个斜圆圈与焊缝中心的斜度不得大于 45°
背面焊缝下垂	熔化金属受重力作用	运条时,电弧在上坡口停留时间比下坡口停留时间稍长

3.1.4 安全知识

1. 一般情况下的安全操作规程

① 做好个人防护。焊工操作时必须按劳动保护规定穿戴防护工作服、绝缘鞋和防护手套,并保持干燥和清洁。

② 焊接工作前,应先检查设备和工具是否安全可靠。不允许未进行安全检查就开始操作。

③ 焊工在更换焊条时一定要戴电焊手套,不得赤手操作。在带电情况下,不要将焊钳夹在腋下而去搬动焊件或将电缆线绕挂在脖颈上。

④ 在特殊情况下(如夏天身上大量出汗,衣服潮湿时),切勿依靠在带电的工作台、焊件上或接触焊钳等,以防发生事故。在潮湿地点焊接作业,地面上应铺上橡胶板或其他绝缘材料。

⑤ 焊工推拉闸刀时,要侧身向着电闸,防止电弧火花烧伤面部。

⑥ 下列操作应在切断电源开关后才能进行:改变焊机接头;更换焊件需要改接二次线路;移动工作地点;检修焊机故障和更换熔断丝。

⑦ 焊机安装、修理和检查应由电工进行,焊工不得擅自拆修。

⑧ 焊接前,应将作业现场 10 m 以内的易燃、易爆物品清除或妥善处理,以防止发生火

灾或爆炸事故。

⑨ 工作完毕离开作业现场时须切断电源，清理好现场，防止留下事故隐患。

⑩ 使用行灯照明时，其电压不应超过 36 V。

2. 设备的安全检查

① 焊接工作前，应先检查焊机和工具是否安全可靠，这是防止触电事故及其他设备事故的非常重要的环节。

② 焊条电弧焊施焊前对设备检查的项目如下。

- 检查电源的一次、二次绕组绝缘与接地情况。应检查绝缘的可靠性、接线的正确性，电网电压与电源的铭牌上标明的电压值吻合。
- 检查回路是否有绝缘烧损。
- 检查噪声和振动情况。
- 检查焊接电流调节装置的可靠性。
- 检查是否短路，焊钳是否放在被焊工件上。

3.1.5　知识拓展

1. 碳钢焊条的保管

焊条管理的好坏对焊接质量有直接的影响。因此，焊条的储存、保管也是很重要的。

① 各类焊条必须分类、分型号存放，避免混淆。

② 焊条必须存放在通风良好、干燥的库房内。重要焊接工程使用的焊条，特别是低氢型焊条，最好储存在专用的库房内。库房要保持一定的湿度和温度，建议温度在 10～25℃，相对湿度在 60% 以下。

③ 储存焊条必须垫高，与地面和墙壁的距离均应大于 0.3 m 以上，使得上下左右空气流通，以防受潮变质。

④ 为了防止破坏包装及药皮脱落，搬运和堆放时不得乱摔、乱砸，应小心轻放。

⑤ 为防止焊条受潮，尽量做到现用现拆包装。并且做到先入库的焊条先使用，以免存放时间过长而受潮变质。

⑥ 选用的焊条 E4303（结 422）和 E5015（结 507）烘干后使用，随用随取。

2. 焊条的烘干

（1）烘干目的

在焊条出厂时，所有的焊条都有一定的含水量。普通碱性焊条裸露在外面一天，受潮就很严重，容易产生氢致裂纹、气孔等缺陷，造成电弧不稳定，飞溅增多，烟尘增大等现象。

（2）烘干温度

不同焊条品种要求不同的烘干温度和保温时间。在各种焊条的说明书中对此均作了规定。

① 酸性焊条药皮中，一般均有含结晶水的物质和有机物，在烘干时，应以除去药皮中的吸附水，而不使有机物分解变质为原则。因此，烘干温度不能太高，一般规定为 75～150℃，

保温 1~2h。

② 碱性焊条在空气中极易吸潮，而且在药皮中没有有机物，在烘干时更需去掉药皮中矿物质中的结晶水。因此烘干温度要求较高，一般需 350~400℃，保温 1~2 h。

③ 焊接重要产品时，每个焊工应配备一个焊条保温筒，施焊时，将烘干的焊条放入保温筒内。筒内温度保持在 50~60℃，还可放入一些硅胶，以免焊条再次受潮。

④ 焊条烘干一般可重复两次。对于酸性焊条的碳钢焊条，重复烘干次数可以达到五次；但对于酸性焊条中的纤维素型焊条以及低氢型的碱性焊条，则重复烘干次数不宜超过三次。

3.2　管-板对焊

3.2.1　工艺知识

管-板对接是压力容器制造中常用的对接方式，其组焊的部件非常重要。为了减轻重量，增大储存容积，容器的工作压力有向高压发展的趋势，因此对容器的焊缝质量、焊接接头的力学性能和材料的强度指标等提出了很高的要求。

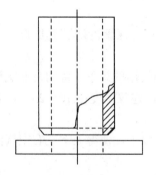

图 3-17　管-板对接的基本结构

1. 结构特点

管-板对接的基本结构见图 3-17。结构特点是管内径与板孔内径一致，单 V 形坡口，角焊缝，根部有一定间隙，坡口根部直边高度尺寸沿管口分布不一定固定。

2. 技术要求

① 单面焊双面成形。

② 打底焊道与中间焊道有电流的差异，打底焊道电流比中间焊道电流低 1/9~1/7。若采用 TIG 焊打底可能更低。

③ 保证内孔错边量不大于规定值。

④ 保证管与板的垂直度要求。

3. 方法设备

一般采用手工焊。工业生产中大量类似的焊缝也可采用管道焊接专用焊机。

3.2.2　焊接操作（骑坐式管-板焊接）

管-板焊接需要熟练掌握平焊、横焊、仰焊、立焊的单面双面成形技术，才能进行焊接。

1．垂直固定俯焊

（1）装配与定位焊

焊件装配定位焊所用焊条与正式焊接时的焊条相同。

定位焊缝可采用点固一点或两点的两种方法。每一点的定位焊缝长度为 10～15mm。

装配定位焊缝时，应保证管与板孔同心，错边量小于等于 1mm，装配间隙为 3～3.5mm，坡口角为 45°～50°，钝边高 0～1mm。

焊件装配的定位焊缝可选用正式定位焊缝、非正式定位焊缝和连接板三种形式，如图 3-18 所示。

采用正式定位焊缝，要求背面成形无缺陷，作为打底焊缝的一部分，焊前将定位焊缝处的两端打磨成缓坡形。

采用非正式定位焊缝，点固焊时，不得损坏管子坡口和板孔的棱边，当焊接到定位焊缝处时，将其打磨掉后再继续施焊。

采用连接板在坡口处进行装配定位，当焊缝焊到连接板处时，将其打掉后再继续施焊。

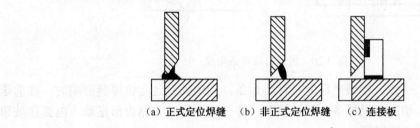

（a）正式定位焊缝　　（b）非正式定位焊缝　　（c）连接板

图 3-18　定位焊缝三种形式示意图

（2）焊件位置

管子朝上，孔板放在水平位置。

（3）焊接要点

焊道分布为三层四道，垂直固定俯焊焊道分布如图 3-19 所示。

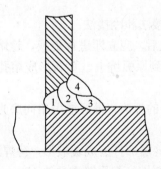

图 3-19　垂直固定俯焊焊道分布

（4）焊接参数

焊接参数见表 3-6。

表 3-6　焊接参数（1）

焊接层次	焊条直径（mm）	焊接电流（A）
打底焊	2.5	60～80
填充焊	3.2	110～130
盖面焊	3.2	100～120

（5）打底焊

保证根部焊透，防止烧穿和产生焊瘤，俯焊打底焊条角度如图 3-20 所示。

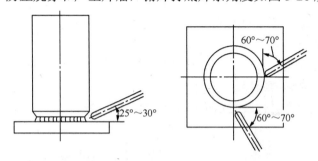

图 3-20　俯焊打底焊条角度

在左侧定位焊缝上引弧，稍预热后向右移动焊条，当电弧到达定位焊缝前端时，往前送焊条，待形成熔孔后，稍向后退焊条，保持短弧，并开始小幅度作锯齿形摆动，电弧在坡口两侧稍停留，然后进行正常焊接。

焊接时电弧要短，焊接速度不宜过大，电弧在坡口根部稍停留，电弧的 1/3 保持在熔孔处，2/3 覆盖在熔池上，同时要保持熔孔的大小基本一致，避免焊根处产生未熔合、未焊透、背面焊道太高现象或产生烧穿、焊瘤。焊接过程中应根据实际位置，不断地转动手臂和手腕，使熔池与管子坡口面和孔板上表面连在一起，并保持均匀的速度运动。待焊条快焊完时，电弧迅速向后拉直至电弧熄灭，使弧坑处呈斜面。

（6）焊缝接头方法

焊缝接头有两种接法，即热接法和冷接法。

① 热接法。当前根焊条焊完后，应立即进行更换，趁熔池还未完全冷却时，立即在原弧坑前 10～15mm 处引弧，然后退到原弧坑上，重新形成熔孔后，再继续施焊，直到焊完打底焊道。

② 冷接法。先敲掉原熔池处的焊渣，最好能用角向磨光机或电磨头，将弧坑处打磨成斜面，再按热接法进行施焊。

焊封闭焊缝接头时，先将接缝端部打磨成缓坡形，待焊到缓坡前沿时，焊条伸向弧坑内，稍作停顿，然后向前施焊并超过缓坡，与焊缝重叠约 10mm，填满弧坑后熄弧。

（7）填充焊

填充焊时必须保证坡口两边熔合好，其焊条角度如图 3-21 所示。

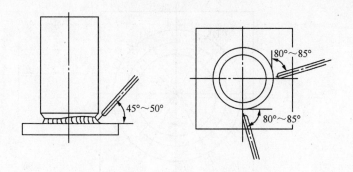

图 3-21　填充焊时的焊条角度

焊填充层前，先敲净打底焊道上的焊渣，并将焊道局部凸起处磨平，然后按打底焊相同的步骤焊接。

填充层施焊时采用短弧焊，可一层填满，注意上、下两侧的熔化情况，保证温度均衡，使管板坡口处熔合良好。填充层焊接要平整，不能凸出过高，焊缝不能过宽，为盖面层的施焊打下基础。

（8）盖面焊

盖面焊必须保证管子不咬边和焊脚对称，其焊条角度如图 3-22 所示。

盖面焊前先除净填充层焊道上的焊渣，并将局部凸起处磨平。

焊接时要保证熔合良好，掌握好两道焊道的位置，避免形成凹槽或凸起，第四条焊道应覆盖在第三条焊道上面的 1/2 或 2/3 处，见图 3-19。必要时还可以在上面用直径 2.5mm 的焊条再焊一圈，以免咬边。

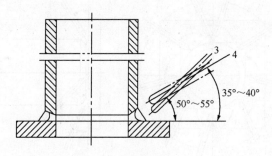

图 3-22　盖面焊焊条角度

2．水平固定全位置焊

焊接时不准改变工件的位置，因此必须掌握平焊、立焊、仰焊操作技能，才能操作好水平固定全位置焊。

为了便于说明焊接要求，我们规定从管子正前方正视管板处，按时钟位置将焊件分为 12 等分，最上方为 0 点，如图 3-23 所示。

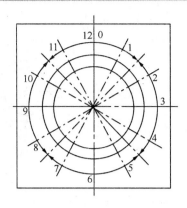

图 3-23　管板的分区

（1）装配与定位焊

坡口角度：45°～50°；装配间隙：6 点处为 2.7mm，0 点处为 3.2mm，钝边高度为 0～0.5mm，错边量不大于 1mm。定位焊的要求同垂直固定俯焊。

（2）工件位置

将工件固定好，使管子轴线在水平面内，0 点处在最上方。

（3）焊接要点

管板水平固定焊接，包括仰焊、立焊、平焊等几种焊接位置。焊接时焊条角度要随着各种位置的变化而不断地变化，如图 3-24 所示。每条焊道焊接前，必须把前一层焊道的焊渣及飞溅物清理干净，焊道接头处打磨平整，避免咬边等缺陷产生。

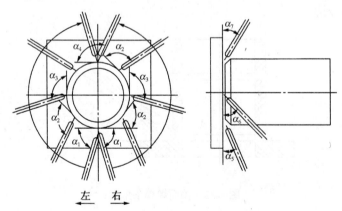

$\alpha_1=80°～90°$；$\alpha_2=100°～105°$；$\alpha_3=100°～110°$；$\alpha_4=120°$；$\alpha_5=30°$；$\alpha_6=45°$；$\alpha_7=35°$

图 3-24　全位置焊时的焊条角度

（4）焊道分布

焊道分布为三层三道。

（5）焊接参数

焊接参数见表 3-7。

表3-7　焊接参数（2）

焊接层次	焊条直径（mm）	焊接电流（A）
打底焊	2.5	60～80
填充焊	2.5	70～90
盖面焊	2.5	70～80

（6）打底焊

将焊件管子分上下两半周进行焊接，先焊下半周，后焊上半周。每一半焊缝分成两段，每段占管子周长的 1/4，先按顺时针方向焊完右边的 1/4（7～3 点处），后按逆时针方向焊完左边的1/4（7～9 点处），然后再按顺、逆时针顺序焊完上半段焊缝。

具体步骤要求如下。

① 从 7 点处引弧，稍预热后，向上顶送焊条，待孔板边缘与管子坡 1∶3 根部熔化并形成熔孔后，稍退出焊条，用短弧作小幅度锯齿形横向摆动，沿顺时针方向继续施焊。

由于管子与板两焊件的厚度不同，所需热量也不一样，打底焊时应使电弧的热量偏向孔板，当焊条横向摆到板的一侧时应稍作停顿，以保证板孔边缘熔合好，防止板件一侧产生未熔合等现象。

在仰焊位置焊接时，焊条向焊件中面顶送深些，横向摆动幅度小些，向上运条的间距要均匀不宜过大。幅度和间距过大易使背面焊缝产生咬边和内凹。

在立焊位置焊接时，焊条向焊件中面顶送得比仰焊位置浅些，平焊位置面顶送焊条应比立焊浅些，防止熔化金属由于重力作用而造成背面焊缝过高和产生焊瘤。

焊完一根焊条要收弧时，将电弧往焊件下方回带约 10mm，焊条慢慢地提高并熄弧，避免弧坑出现缩孔。

可采用热接法和冷接法进行焊缝接头。

热接法时，更换焊条要迅速，熔池还没有完全冷却呈红热状态时，在熔池前方约 10mm 处引弧，焊条稍横向摆动，填满弧坑至熔孔处，焊条向管子里压，并稍停留，待听到击穿声形成新熔孔时，再进行横向摆动向上施焊。冷接法在施焊前，先将收弧处焊道打磨成缓坡状，然后按热接法的引弧位置、操作方法进行焊接。

顺时针方向焊至 3 点处收弧。

② 将 7 点处打磨成斜面。

③ 在 7 点左侧 10mm 处引燃电弧，退到 7 点处接好头，待新熔孔形成后，再小幅度横向摆动，沿逆时针方向焊至 1 点处收弧。所有操作要领同前。

焊接过程中经过正式定位焊缝时，要把焊条稍微向里压送，以较快速度焊过定位焊缝过渡到前方坡口，然后正常焊接。

④ 将 3 点和 1 点处打磨成斜面。

⑤ 从 3 点前 10mm 处引弧，退至 3 点处，待形成熔孔后，继续焊到 0 点处结束。

（7）填充焊

填充焊的焊条角度与焊接步骤与打底焊相同，但焊条摆动幅度比打底焊大些，因外侧焊缝圆周较长，故摆动间距稍大些。填充的焊道要薄些，管子一侧坡口要填满，板一侧要比管子坡口一侧宽出约 2mm，使焊道形成一个斜面，保证盖面焊道焊后能够圆滑过渡。

（8）盖面焊

盖面焊的焊接顺序、焊条角度、运条方法与填充焊相同，但摆幅要均匀，在两侧稍作停留，保证焊缝焊脚均匀，无咬边。

注意：因焊缝两侧是两个直径不同的同心圆，管子侧圆周短，孔板侧圆周长，因此焊接时，焊条摆动两侧的间距是不同的，焊接时要特别注意。

3.2.3 常规缺陷分析与解决办法

俯焊及全位置焊易出现多种缺陷，焊接时要多加注意。现总结为如下几个方面，见表 3-8及表 3-9。

表 3-8 俯焊时易出现的缺陷及排除方法

缺 陷 名 称	产 生 原 因	排 除 方 法
打底层易夹渣及熔合不好	管、板厚度差异较大，散热不均匀	运条速度和前进速度均匀一致，并控制熔孔尺寸大小一致
盖面层咬边	焊接电流太大，运条动作不当	适当减小焊接电流，掌握运条横向摆动到两边的停留时间

表 3-9 水平固定全位置焊易出现的缺陷及排除方法

缺 陷 名 称	产 生 原 因	排 除 方 法
打底层仰焊部位产生内凹	焊条送进坡口内深度不够	焊条送进坡口内一定深度，使整个电弧在坡口内燃烧，短弧焊
立焊部位熔池下坠，焊缝成形不好	电弧在两侧停留时间不够	增加电弧在两侧的停留时间

3.2.4 安全知识

与板-板对接安全知识相同。

3.3 管-管对焊

3.3.1 工艺知识

管-管对接是电厂、石油、化工设备中常用的对接方式，其组焊的部件非常重要。由于其工作介质常为易燃易爆、有毒有害物质，工作温度在中温以上，在压力下工作，为异种钢焊接等特点，因此对耐腐蚀性、气密性和材料的强度指标等提出了很高的要求。

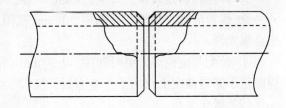

图 3-25　管-管对接的基本结构

1．结构特点

管-管对接的基本结构见图 3-25。结构特点是管内径一致，双 V 形坡口，对接焊缝，根部有一定间隙，坡口根部直边高度尺寸沿管口分布固定。

2．技术要求

① 单面焊双面成形。

② 打底焊道与中间焊道有电流的差异，打底焊道电流比中间焊道电流小 1/9～1/7。采用 TIG 焊打底。

③ 保证孔错边量不大于规定值。

④ 保证管与管的同轴度的要求。

3．方法设备

一般采用手工焊。工业生产中大量类似的焊缝也可采用管道焊接专用焊机。

3.3.2　焊接操作

1．低碳钢管水平转动管的焊接

管子在水平位置下焊接。由全位置变为平焊或爬坡焊的位置，对焊工的操作和焊缝成形都十分有利。

（1）焊前准备

① 试件及坡口尺寸。材质：20 号钢；试件尺寸：ϕ 108mm×8 mm。坡口尺寸如图 3-26 所示。

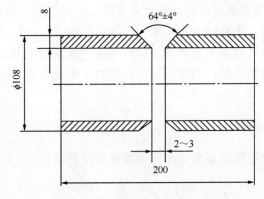

图 3-26　管道水平转动焊对口简图

② 焊接材料及设备。焊条：E4303，ϕ2.5 mm/ϕ3.2 mm；焊机：BX3-300。

③ 焊前清理。将坡口及两侧 20 mm 范围内的铁锈、油污、氧化物等清理干净，使其露出金属光泽。

④ 装配与定位焊。组对间隙：2～3mm；错边量：不大于1mm，钝边：0.5～1mm；定位焊缝位于管道截面上相当于"10 点钟"和"2 点钟"的位置，每处定位焊缝长度为10～15mm。

（2）操作要点

① 打底焊。打底焊道为单面焊双面成形，既要保证坡口根部焊透，又要防止烧穿或形成焊瘤。采用断弧焊，操作手法与钢板平焊基本相同。焊条直径 2.5 mm，焊接电流 60～80 A。

打底焊的操作顺序是：从管道截面上相当于"10 点半钟"的位置起焊，进行爬坡焊，每焊完一根焊条转动一次管子。把接头的位置转到管道截面上相当于"10 点半钟"的位置。焊条角度如图 3-27 所示。焊条伸进坡口内让 1/4～1/3 的弧柱在管内燃烧，以熔化两侧钝边。熔孔深入两侧母材 0.5mm。更换焊条进行焊缝中间接头时，采用热焊法，与钢板平焊相同。

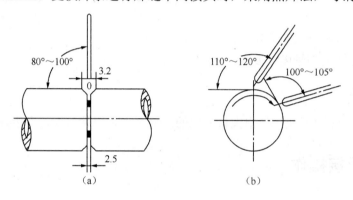

图 3-27　水平转动焊时的焊条角度

在焊接过程中，经过定位焊缝时，只需将电弧向坡口内压送以较快的速度通过定位焊缝，过渡到坡口处进行施焊即可。

② 填充焊。采用连弧焊进行焊接。施焊前应将打底层的熔渣、飞溅物清理干净。焊条直径为 3.2 mm，焊接电流为 90～120 A，焊条角度与打底焊相同。其他注意事项与钢板平焊相同。

③ 盖面焊。盖面焊缝要满足焊缝几何尺寸要求，外形美观，与母材圆滑过渡，无缺陷。施焊前应将填充层的熔渣、飞溅物清理干净。焊条直径为 3.2 mm，焊接电流为 90～110A。施焊时焊条角度、运条方法与填充焊相同，但焊条水平横向摆动的幅度应比填充焊更宽，电弧从一侧摆至另一侧时应稍快些；当摆至坡口两侧时，电弧应进一步缩短，并要稍作停顿以避免咬边。

2. 水平固定小径管对接

水平固定小径管全位置焊也是所有操作中最难掌握的项目。

（1）装配

装配要求见表 3-10。

表 3-10　装配要求

坡口角度（°）	装配间隙（mm）	钝边（mm）
60	0 点处 3.0，6 点处 2.5	0～1

（2）工件位置

小管子水平固定，接口在垂直面内，0 点处在正上方。

（3）焊接要点

例如 ϕ 60mm×5mm 管的对接焊，由于管径小，管壁薄，焊接过程中温度上升较快，焊道容易过高，打底焊必须采用断弧焊法。在焊接过程中须经平焊、立焊和仰焊三种位置的焊接。由于焊缝位置的变化，改变了熔池所处的空间位置，操作比较困难。

焊接时焊条角度应随着焊接位置的不断变化而随时调整，如图 3-28 所示。

① 焊道分布为二层二道。

② 焊接参数如表 3-11 所示。

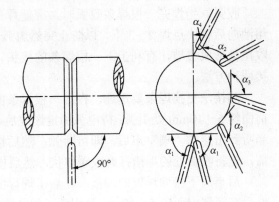

图 3-28　水平固定小径管对接焊条角度

表 3-11　小径管全位置焊焊接参数

焊接层次	焊条直径（mm）	焊接电流（A）
打底焊	2.5	75～85
盖面焊	2.5	70～80

（4）打底焊

打底层焊接时，假定沿垂直中心线将管子分成前后两半周。

先焊前半周，引弧和收弧部位要超过中心线 5～10mm，如图 3-29 所示。

焊接从仰焊位置开始，起焊时采用划擦法在坡口内引弧，待形成局部焊缝，并看到坡口两侧金属即将熔化时，焊条向坡口根部压送，使弧柱透过内壁 1/2，熔化并击穿坡口的根部。

此时可听到背面电弧的击穿声，并形成了第一个熔池。第一个熔池形成后，立即将焊条抬起熄弧，使熔池降温，待熔池变暗时，重新引弧并压低电弧向上送给，形成第二个熔池，均匀地点射送给熔滴。

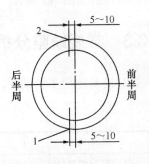

1—引弧处；2—收弧处

图 3-29　前半周焊缝引弧与收弧位置

向前施焊，如此反复。

在焊接仰焊位置时，焊条应向上顶送，电弧尽量压短，防止产生内凹、未熔合、夹渣等缺陷；焊接平焊及立焊位置时，焊条向焊件坡口里面的压送深度应比仰焊时浅些，弧柱扫过坡口内壁约1/3，熔化穿透根部钝边，防止因温度过高液态金属在重力的作用下，造成背面焊缝超高，产生焊瘤、气孔等缺陷。

收弧。当焊完一根焊条收弧时，应使焊条向管壁或左或右侧回拉电弧约 10mm，或沿着熔池向后稍快点焊 2～3 下，以防止突然熄弧造成弧坑处产生缩孔、裂纹等缺陷，同时也能使收尾处形成缓坡，有利于下一根焊条的接头。在更换焊条进行中间焊缝接头时，有热接和冷接两种方法。

热接法更换焊条要迅速，在前一根焊条的熔池还没有完全冷却，呈红热状态时，在熔池前面约 5～10mm 处引弧；待电弧稳定燃烧后，将焊条施焊于熔孔，并将焊条稍向坡口里压送，当听到击穿的"噗"声后，即可断弧；然后按前面介绍的方法继续向前施焊。冷焊法在施焊前，先将收弧处的焊槽打磨成缓坡状，然后按前面的引弧位置、操作方法进行焊接。

后半周下接仰焊位的焊接。在后半周焊缝施焊前，先将前半周焊缝起头处打磨成缓坡，然后在缓坡前面约 5～10mm 处引弧，预热施焊，焊至缓坡末端时，将焊条向上顶进，待听到击穿声，根部熔透，待形成熔透的孔以后，正常向前施焊，其他位置焊法均同前半周。

后半周水平位置上的施焊。在后半周焊缝施焊前先把前半周焊缝收尾熄弧处打磨成缓坡状。当焊接到后半周时（焊缝与前半周焊缝接头封闭处），将电弧略向坡口里压送，并稍作停顿，待根部焊透，再焊过前半周焊缝的 10mm，等焊条填满电弧坑后，再熄灭电弧。

焊接过程中经过正式定位焊缝时，将电弧稍向里压送，以较快的速度经过定位焊缝，过渡到前方坡口处进行施焊。

（5）盖面焊

要求焊缝外形美观，无缺陷。

盖面层施焊前，应将前层的焊渣和飞溅物清除干净，焊缝接头处打磨平整。前半周焊缝起头和后半周焊缝收尾部位同打底层，都要超过管子中心线 5～10mm，采用锯齿形或月牙形方法运条、连续焊，但横向摆动的幅度要小，在坡口两侧略作停顿稳弧，防止产生咬边。在焊接过程中，要严格控制弧长，保持短弧焊，以保证质量。

3.3.3 常规缺陷分析与解决办法

管-管对接易出现多种缺陷，焊接时要多加注意。现总结为如下两个方面，见表 3-12。

表 3-12 常见缺陷与解决办法

缺 陷 名 称	产 生 原 因	排 除 方 法
打底层仰焊部位背面产生内凹	焊条送进坡口内深度不够	焊条送进坡口内一定深度，使整个电弧在坡口内燃烧，短弧焊接
盖面层产生咬边	运条摆动动作和前进速度不当	采用横向锯齿形摆动，摆动速度适当加快，但前进速度不变，摆动到焊道两侧时，稍微停留约 0.5s

3.3.4　安全知识

与手工电弧焊安全知识相似。

3.4　实训项目

1．实训项目 1（引弧训练）

【操作步骤】

① 清除试件表面上的油污、锈蚀、水分及其他污物，直至露出金属光泽。

② 在试件上以 20 mm 间距用石笔（或粉笔）画出焊缝位置线。

③ 引弧堆焊。首先在焊件的引弧位置用粉笔画直径 13 mm 的一个圆，然后用直击引弧法在圆圈内直击引弧。引弧后，保持适当电弧长度，在圆圈内作画圈动作 2～3 次后灭弧。待熔化的金属凝固冷却后，再在其上面引弧堆焊，这样反复操作直到堆起高度为 50 mm 为止（见图 3-30（a））。

④ 定点引弧。先在焊件上按图 3-30（b）所示用粉笔画线，然后在直线的交点处用划擦引弧法引弧。引弧后，焊成直径 13 mm 的焊点后灭弧。这样不断重复操作，完成若干个焊点的引弧训练。

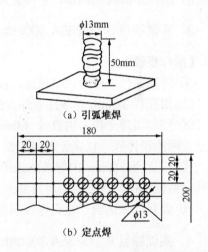

（a）引弧堆焊

（b）定点焊

图 3-30　引弧训练前半周焊缝

⑤ 用 E4303（结 422）和 E5015（结 507）两种焊条，分别使用交流、直流焊机引弧。注意酸性焊条和碱性焊条在使用焊接电流上的区别。

⑥ 用直径 3.2 mm 和 4.0 mm 焊条按焊接工艺参数，以焊缝位置线为运条轨迹，采用直线形运条法、月牙形运条法、正圆圈形运条法和 8 字形运条法练习，如表 3-2 所示，进行平敷焊缝焊接技能操作练习。

⑦ 每条焊缝焊完后，清理熔渣，分析焊接产生的现象和问题，并总结经验，再进行另一道焊缝的焊接。

2．实训项目 2（Q235A 300mm×100mm×8mm 板 V 形坡口对接平焊）

【操作步骤】

① 修磨试件坡口钝边，清理试件；按装配要求进行装配，保证装配间隙始端为 3.2 mm，终端为 4.0 mm，进行定位焊，并按要求预置反变形量。

② 采用直径 3.2mm 的焊条进行打底焊。若选择酸性焊条（E4303 型），则采用灭弧法；若选择碱性焊条（E5015 型或 E4315 型），则采用连弧法打底焊，以防止气孔的产生。

③ 按焊接工艺参数（见表 3-7）规定焊接填充层焊道。填充层各层焊道焊接时，其焊缝接头应错开。每焊一层应改变焊接方向，从试件的另一端起焊，并采用月牙形或锯齿形运条法。各层间熔渣要认真清理，并控制层间温度。

焊至盖面层前最后一道填充层时，采用锯齿形运条法运条，控制焊道距焊件表面下坡口 0.5～1.0mm。

④ 盖面焊用直径 3.2mm 焊条，采用月牙形或 8 字形运条法运条，两侧稍作停留，以防止咬边。

⑤ 清理熔渣及飞溅物，并检查焊接质量，分析问题，总结经验。

3. 实训项目 3（Q235A 300mm×100mm×8mm 板 V 形坡口对接立焊）

【操作步骤】

① 清理试件，修磨坡口钝边，按要求间隙进行定位焊，预置反变形量。

② 用直径 3.2mm 焊条打底焊，保证背面成形。

③ 层间清理干净，用直径 4.0mm 焊条进行以后几层的填充焊。采用锯齿形或月牙形运条法，两侧稍停顿，以保证焊道平整，无尖角和夹渣等缺陷。

④ 用直径 3.2mm 的焊条，采用锯齿形或月牙形运条方法进行盖面焊接。焊条摆动中间快些，两侧稍停，保证盖面层焊缝余高、熔宽均匀，无咬边、夹渣等缺陷。

⑤ 焊后清理熔渣，检查焊接质量，分析问题，总结经验。

4. 实训项目 4（Q235A 300mm×100mm×8mm 板 V 形坡口对接横焊）

【操作步骤】

① 清除坡口面及坡口正、反面两侧各 20mm 范围内的油污、锈蚀、水分及其他污物，直至露出金属光泽。

② 修底坡口钝边，装配，进行定位焊，预置反变形。

③ 按操作要点，用直径 3.2mm 焊条采用灭弧法进行打底层焊接，保证背面成形。

④ 清理层间熔渣，用直径 3.2mm 焊条，采用直线形或斜圆圈形运条法，多层多道焊焊接填充层、盖面层。

5. 实训项目 5（Q235A 管–板对接平角焊）

【操作步骤】

① 熟悉图样，修锉坡口，清理孔板。

② 按图样要求进行装配

③ 选用直径 2.5mm 的焊条，采用连弧焊接打底焊焊缝。

④ 清渣后，焊接两层盖面焊焊缝。

⑤ 清理熔渣及飞溅物，检查焊接质量和焊脚尺寸，分析问题，总结经验。

6. 实训项目 6（16Mn 管–板对接全位置焊）

【操作步骤】

① 熟悉图样，修锉坡口，清理孔板。

② 根部间隙为 2.5～3.2mm，在"2 点钟"和"10 点钟"位置定位焊，然后水平固定在焊接支架上，距地面高 800～900mm。

③ 用直径为 2.5mm 的焊条从试件仰位起焊，采用月牙形或锯齿形运条法，用连弧法或灭弧法进行打底焊，注意更换焊条的接头和封闭焊缝的接头方法，保证熔合良好，背面焊透，防止仰位出现背面内凹，平位出现焊瘤等缺陷。

④ 清理打底焊缝熔渣及飞溅物，然后用月牙形和锯齿形运条法焊接填充层和盖面层焊缝。

⑤ 清理试件熔渣及飞溅物，检查焊接质量和焊脚尺寸，分析问题，总结经验。

7. 实训项目 7（16Mn 管-管对接滚动式焊、水平固定全位置焊）

【操作步骤】

① 熟悉图样，清理坡口表面，修锉钝边。

② 按装配要求组装试件，进行定位焊，并将试件水平固定在焊接支架距地面 800～900mm 的高度上。

③ 从管子仰位起焊，按顺时针先焊前半圈，采用灭弧法焊至平位。

④ 清理熔渣并修磨仰、平焊位接头成缓坡形。

⑤ 变换焊接位置，焊接后半圈，在仰焊位缓坡处起头或用电弧切割成缓斜坡再起头，用与前半圈同样的操作方法完成打底层的焊接。

⑥ 清理熔渣及飞溅物，焊接盖面层，仍采用两半周焊法，施焊时均采用牙形或横向锯齿形运条法焊接，注意收弧时填满弧坑。

⑦ 焊接后，清理管件内、外焊缝的熔渣和飞溅物，检查正、反两面焊缝，分析问题，总结经验。

思考题 3

1. 焊缝的起头和连接处是否应平滑过渡？局部过高可以算合格吗？收尾处填满弧坑，但试件表面非焊道上有引弧痕迹算合格吗？

2. 焊缝表面焊波纹均匀，无明显未熔合和咬边，其咬边深度大于 0.5 mm 算合格吗？

3. 焊缝边缘直线度在任意 300 mm 连续焊缝长度内大于 3 mm 算合格吗？

4. 定位焊时有哪些要求？

5. 板对接立焊有哪些困难？怎样克服？

6. 立焊挑弧法和灭弧法的操作要点有哪些？

7. 横焊时容易出现哪些缺陷？如何防止？

8. V 形坡口仰焊应注意哪些操作？

第4章　气体保护焊

本章主要介绍气体保护焊中常用到的一些基本概念，以及二氧化碳焊和氩弧焊等工艺知识，并设计几个实训来训练气体保护焊操作技能，以期达到能够正确选择二氧化碳工艺参数，进行板的单面焊双面成形操作的目的。

学习目标

- 了解气体保护焊工艺的基本内容，掌握安全文明生产知识。
- 能熟练操作二氧化碳焊设备，并掌握正确的使用及日常维护方法。
- 较熟练掌握氩弧焊工艺及操作方法。

4.1　二氧化碳气体保护焊

4.1.1　工艺知识

1. 焊接特点

（1）焊接主要优点

① 生产率高。由于焊接电流密度较大，电弧热量利用率较高，焊丝又连续送进，以及焊后不需清渣，因此提高了生产率。

② 成本低。CO_2 气价格便宜，电能消耗少，所以焊接成本低，仅为埋弧自动焊的 40%，焊条电弧焊的 37%～42%。

③ 焊接变形和应力小。由于电弧加热集中，工件受热面积小，同时 CO_2 气流有较强的冷却作用，所以焊接变形和应力小。一般结构焊后即可使用，这特别适用于薄板焊接。

④ 焊缝质量高。由于焊缝含氢量少，抗裂性能好，焊接接头的力学性能良好，故焊接质量高。

⑤ 操作简便。焊接时可以观察到电弧和熔池的情况，故操作容易掌握，不易焊偏，有利于实现机械化和自动化焊接。

（2）不足之处

① 飞溅较大，并且表面成形较差，这是主要缺点。

② 弧光较强，特别是大电流焊接时，电弧的光、热辐射均较强。

③ 很难用交流电源进行焊接，焊接设备比较复杂。

④ 不能在有风的地方施焊，不能焊接容易氧化的有色金属。

2．设备选择

NBC-500、350、250 系列逆变式 CO_2 气体保护焊机，是一种用于 CO_2 气体保护的高效率通用半自动电焊机。它可使用直径为 0.8～1.6mm 的实心及药心焊丝，焊接低碳钢、低合金钢构件。该系列逆变焊机具有合理的静、外特性及良好的动态性能，电弧自调节能力强，焊接过程稳定。

（1）编号

NBC-500、350、250 系列逆变式 CO_2 气体保护焊机型号编制符合 GB10249—88 标准的规定，见图 4-1。

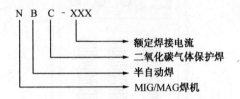

图 4-1　二氧化碳焊机编号

（2）主要技术参数

二氧化碳焊机主要技术参数如表 4-1 所示。

表 4-1　二氧化碳焊机主要技术参数

参　　数	NBC-250	NBC-350	NBC-500
电源电压（V）、频率（Hz）	三相 380、50		
额定输入功率（kW）	7.5	13.7	24.4
额定输入电流（A）	13	21	37
额定负载持续率（%）	80	80	80
输出电流调节范围（A）	50～250	60～350	60～500
输出电压调节范围（V）	14～28	14～40	17～50
输出空载电压（V）	48	48	70
满载效率（%）	90	90	90
功率因数	0.87	0.87	0.87
使用焊丝直径（mm）	0.8～1.0	0.8～1.2	1.0～1.6
保护气体流量（L/min）	15～20	15～20	15～20

（3）环境条件

焊接时，环境温度范围在-10～40℃；运输和储存过程中温度在-25～55℃。空气相对湿度：40℃时不大于 50%，20℃时不大于 90%。周围空气中的灰尘、酸、腐蚀性气体或物质等不超过正常含量。海拔高度不超过 1 000m，周围风速不大于 lm/s。

（4）供电电压品质

波形应为标准的正弦波，有效值为 380±10%V，频率为 50±1%Hz。三相电压的不平衡度小于 5%。

（5）功能介绍

① 焊机前面板如图 4-2 所示，其中各部分功能说明如下。

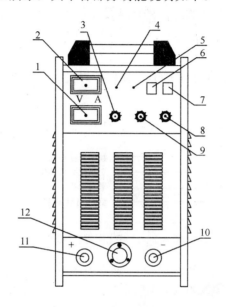

图 4-2　焊机前面板

1——输出电压表：空载时显示电压给定值，焊接时显示实际焊接电压值。

2——输出电流表：空载时显示送丝速度相对值，焊接时显示实际焊接电流值。

3——电感调节旋钮：改变焊接稳定性、熔深和飞溅量。

4——工作指示灯：指示焊机是否接通输入电源。

5——保护指示灯：指示焊机内是否温度过高。灯亮时焊机自动停止工作。

6——自锁/非自锁：选择开关。

7——状态选择开关：处于气检位置时，电磁阀开启，可检查 CO_2 气体流量是否合格；处于丝检位置时，与按下焊枪开关的作用相同，可以检查焊机的工作状态；处于正常位置时，焊机处于正常工作状态。

8——收弧电流调节旋钮：在自锁方式下调节收弧电流的大小。

9——收弧电压调节旋钮：在自锁方式下调节收弧电压的大小。

10——焊接电缆接线端子（-）：通过输出电缆接被焊工件。

11——焊接电缆接线端子（+）：接送丝机焊接电缆。

12——送丝机控制插座：接送丝机控制电缆插头。

② 焊机后面板如图 4-3 所示，其中各部分功能介绍如下。

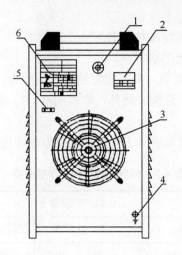

图 4-3　焊机后面板

1——电源输入电缆：四芯电缆。花色线用于接地，其余三根线接三相 380V/50Hz 电源。

2——自动空气开关：此开关的作用主要是在焊机过载或发生故障时自动断电，以保护焊机。一般情况下，此开关向上扳至接通的位置。启停焊机尽量使用用户配电板（柜）上的电源开关，不要把本开关当做电源开关使用。

3——风机：对机内发热器件进行冷却，输入电缆的接线相序应保证风机转向与要求相符（向机内吹风）。

4——接地螺栓：为保证人身安全和焊机的正常使用，请务必用导线将此螺栓可靠接地，或者将输入电缆中的接地线可靠接地。

5——加热电源输出插座（AC 36V）：接 CO_2 气体调节器的加热线圈。

6——铭牌。

3. 焊材选择

（1）焊丝的成分

CO_2 焊焊丝既是填充金属又是电极，所以焊丝既要保证一定的化学成分和力学性能，又要保证具有良好的导电性和工艺性能。

① 脱氧剂焊丝必须含有一定数量的脱氧剂，以防止产生气孔，减少飞溅并提高焊缝金属的力学性能。用于低碳钢和低合金钢 CO_2 焊的焊丝，主要的脱氧剂是 Si 和 Mn。其成分含量范围为 ω（O）=5%～1%，ω（Mn）=1%～2.5%。Mn、Si 比约为 1.2～2.5，发挥"Si—Mn"联合脱氧的有利作用。

② C、S、P 焊丝的含碳量要低，要求 ω（C）<0.11%，这对于避免气孔及减少飞溅是很重要的。对于一般焊丝，要求硫及磷含量均为 ω（S，P）≤0.04%；对于高性能的优质 CO_2 焊丝，则要求硫及磷含量均为 ω（S，P）≤0.03%。

③ 为防锈及提高导电性，焊丝表面最好镀铜。但镀铜焊丝的含铜量不能太大，否则会形成低熔点共晶，影响焊缝金属的抗裂能力。要求镀铜焊丝的 ω（Cu）不大于 0.5%。

（2）焊丝的性能

目前我国 CO_2 焊用的主要焊丝品种是 H08Mn2Si 类型，牌号中带有 A 符号的为优质焊丝，其杂质 S 和 P 的含量限制得比较严格。

这类焊丝采取 S、Mn 联合脱氧，具有很好的抗气孔能力。Si 和 Mn 元素也起合金化的作用，使焊缝金属具有较高的力学性能。此外，焊丝的 ω（C）限制在 0.11% 以下，有利于减少焊接时的飞溅。

焊丝的牌号和化学成分要求如表 4-2 所示，焊缝力学性能要求如表 4-3 所示。

表 4-2　焊丝的牌号和化学成分要求

焊丝牌号	化学成分（质量分数，%）									
	C	Mn	Si	P	S	Cr	Ni	Cu	Mo	V
H08MnSi	≤0.11	1.20～1.50	0.40～0.70	≤0.035	≤0.035	≤0.20	≤0.30	≤0.20	—	—
H08Mn2Si	≤0.11	1.70～2.10	0.65～1.95	≤0.035	≤0.035	≤0.20	≤0.30	≤0.20	—	—
H08Mn2SiA	≤0.11	1.80～2.10	0.65～0.95	≤0.030	≤0.030	≤0.20	≤0.30	≤0.20	—	—
H11MnSi	0.07～0.15	1.00～1.50	0.65～0.95	≤0.025	≤0.035	—	≤0.15	—	≤0.15	≤0.05
H11Mn2SiA	0.07～0.15	1.40～1.85	0.85～1.15	≤0.025	≤0.025	—	≤0.15	—	≤0.15	≤0.05

表 4-3　焊缝力学性能要求

焊丝牌号	抗拉强度 σ_b（MPa）	条件屈服应力 $\sigma_{0.2}$（MPa）	伸长率 δ_s（%）	室温冲击吸收功 A_{KV}（J）
H08MnSi	420～520	≥320	≥22	≥27
H08Mn2Si	≥500	≥420	≥22	≥27
H08Mn2SiA	≥500	≥420	≥22	≥27
H11MnSi	≥500	≥420	≥22	—
H11Mn2SiA	≥500	≥420	≥22	≥27

4. 操作要点

CO_2 气体保护焊的质量是由焊接过程的稳定性决定的。焊接过程的稳定性除通过调节设备选择合适的焊接参数保证外，更主要的是取决于操作者的实际操作水平。因此每一名操作者必须熟悉 CO_2 气体保护焊的基本操作技术，才能根据不同的实际情况，灵活地运用这些技能，获得满意的焊接效果。

（1）正确持枪姿势

要保证正确的持枪姿势。由于 CO_2 气体保护焊的焊枪比焊条电弧焊的焊钳重，焊枪后面又拖了一根沉重的送丝导管，因此操作时感到是较吃力的。为了长时间地坚持生产，每个操作者都应根据不同的焊接位置，选择正确的持枪姿势，使操作者既不感到别扭，又能长时间、稳定地进行焊接。

正确持枪姿势应满足以下条件。

① 操作时用身体某个部位承担焊枪的重量，通常手臂处于自然状态，手腕能灵活带动焊

枪平移或转动，不感到太累。

② 焊接过程中，软管电缆最小的曲率半径应大于 300mm，焊接时可随意拖动焊枪。

③ 焊接过程中，能维持焊枪倾角不变，且可以清楚方便地观察熔池。

④ 将送丝机放在合适的地方，保证焊枪能在需要的焊接范围内自由移动。图 4-4 所示为焊接不同位置焊缝时的正确持枪姿势。

（a）蹲位平焊　（b）坐位平焊　（c）立位平焊　（d）站位立焊　（e）站位仰焊

图 4-4　正确的持枪姿势

（2）保持焊枪与焊件合适的相对位置

CO_2 气体保护焊焊接过程中，操作者必须使焊枪与焊件间保持合适的相对位置。主要是正确控制焊枪与焊件间的倾角和喷嘴高度。在这种位置焊接时，操作者既能方便地观察熔池，控制焊缝形状，又能可靠地保护熔池，防止出现缺陷。合适的相对位置因焊缝的空间位置和接头的形式不同而不同。

（3）保持焊枪匀速向前移动

在整个焊接过程中，必须保持焊枪匀速前移，才能获得满意的焊缝。通常操作者可根据焊接电流的大小、熔池的形状、焊件熔合情况、装配间隙、钝边大小等情况，调整焊枪前移速度，力争匀速前进。

（4）保持摆幅一致的横向摆动

像焊条电弧焊一样，为了控制焊缝的宽度和保证熔合质量，CO_2 气体保护焊焊枪也要作横向摆动。焊枪的摆动形式及应用范围见表 4-4。

表 4-4　焊枪的摆动形式及应用范围

摆 动 形 式	用 途	摆 动 形 式	用 途
 ← ———————	薄板及中厚板打底焊道	 ⌒⌒⌒⌒	填角焊或多层焊时的第一层
 ∧∧∧∧∧∧∧	坡口小时及中厚板打底焊道	 ∿∿∿∿	坡口大时
 ∧∧∧∧∧∧∧∧∧	厚板第二层以后的横向摆动	 ⑧　⑥⑦④⑤②③　①	焊薄板根部有间隙，坡口有钢垫板

为了减少热输入，减小热影响区，减小变形，通常不希望采用大的横向摆动来获得宽焊缝，而提倡采用多层多道焊来焊接厚板。当坡口角度较小时，如焊接打底焊缝，可采用锯齿形较小的横向摆动，两侧停留 0.5s 左右，如图 4-5 所示。

图 4-5　锯齿形横向摆动

当坡口大时，可采用弯月形的横向摆动，两侧停留 0.5s 左右，如图 4-6 所示。

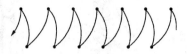

图 4-6　弯月形横向摆动

（5）基本操作

和焊条电弧焊一样，CO_2 气体保护焊的基本操作技术也是引弧、收弧、接头、摆动等。由于没有电焊条送进运动，焊接过程中只需维持电弧弧长不变，并根据熔池情况摆动和移动焊枪，因此 CO_2 气体保护焊操作比焊条电弧焊容易掌握。

① 引弧。CO_2 气体保护焊与焊条电弧焊引弧的方法稍有不同，不采用划擦法引弧，主要采用碰撞法引弧，但引弧时不必抬起焊枪。具体操作步骤如下。

a. 引弧前先按遥控盒上的点动开关或按焊枪上的控制开关，点动输出一段焊丝，焊丝伸出长度小于喷嘴与焊件间的距离，超长部分应剪去，如图 4-7 所示。若焊丝的端部出现球状，则必须预先剪去，否则引弧困难。

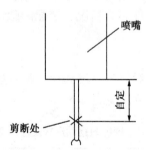

图 4-7　引弧前剪去超长焊丝

b. 将焊枪按要求（保持合适的倾角和喷嘴高度）放在引弧处。注意此时焊丝端部与焊件未接触。喷嘴高度由焊接电流决定，如图 4-8 所示。

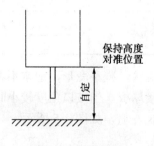

图 4-8　准备引弧

若操作不熟练，最好双手持枪。

c. 按焊枪上的控制开关，焊机自动提前送气，延时接通电源，保持高电压、慢送丝，当焊丝碰撞焊件短路后，自动引燃电弧。短路时，焊枪有自动顶起的倾向，如图 4-9 所示，故引弧时要稍用力下压焊枪，防止因焊枪抬起太高，电弧太长而熄灭。

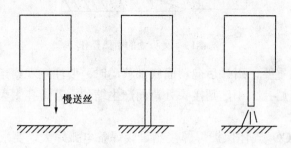

图 4-9　引弧过程

② 焊接。引燃电弧后，通常都采用左向法焊接。在焊接过程中，操作者的主要任务是保持合适的倾角和喷嘴高度，沿焊接方向尽可能地均匀移动。当坡口较宽时，为保证两侧熔合好，焊枪还要作横向摆动。

操作者必须能够根据焊接过程，判断焊接参数是否合适。像焊条电弧焊一样，操作者主要靠在焊接过程中看到的熔池的情况、电弧的稳定性、飞溅的大小及焊缝成形的好坏来选择焊接参数。

③ 收弧。CO_2 焊接结束前必须收弧，若收弧不当容易产生弧坑，并出现弧坑裂纹、气孔等缺陷。操作时可以采取以下措施。

a. 若 CO_2 气体保护焊机有弧坑控制电路，则焊枪在收弧处停止前进，同时接通此电路，焊接电流与电弧电压自动变小，待熔池填满时断电。

b. 若 CO_2 气体保护焊焊机没有弧坑控制电路，或因焊接电流小没有使用弧坑控制电路，则在收弧处焊枪停止前进，并在熔池未凝固时，反复断弧、引弧几次，直至弧坑填满为止。操作时动作要快，若熔池已凝固才引弧，则可能产生未熔合、气孔等缺陷。

不论采用哪种方法收弧，操作时需要特别注意，收弧时焊枪除停止前进外不能抬高喷嘴，即使弧坑已填满，电弧已熄灭，也要让焊枪在弧坑处停留几秒钟后再离开，因为熄弧后，控制电路仍保证延时送气一段时间，以保证熔池凝固时得到可靠的保护。若收弧时抬高焊枪，则容易因保护不良产生缺陷。

④ 接头。CO_2 气体保护焊不可避免地产生接头，为保证焊接质量，可按下述步骤操作。

a. 将待焊接头处用角向磨光机打磨成斜面，如图 4-10 所示。

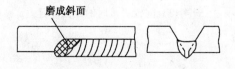

图 4-10　接头处的准备

b. 在斜面顶部引弧，引燃电弧后，将电弧移至斜面底部，转一圈返回引弧处后再继续向左焊接，如图 4-11 所示。

图 4-11　接头处的引弧操作

注意： 这个操作很重要，引弧后向斜面底部移动时，要注意观察熔孔。若未形成熔孔，则接头背面焊不透；若熔孔太小，则接头处背面产生缩颈；若熔孔太大，则背面焊缝太宽或焊漏。

⑤ 定位焊。由于 CO_2 气体保护焊焊接热量较焊条电弧焊大，要求定位焊缝有足够的强度。通常定位焊缝都不磨掉，仍保留在焊缝中，焊接过程中很难全部重熔。因此应保证定位焊缝的质量，定位焊缝既要熔合好，余高又不能太高，还不能有缺陷，要求操作者像正式焊接一样焊定位焊缝。定位焊缝的长度和间距应符合下述规定。

a. 中厚板对接时的定位焊缝如图 4-12 所示。

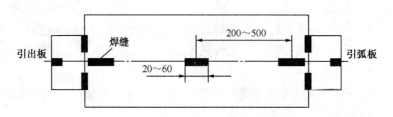

图 4-12　中厚板对接时的定位焊缝

焊件两端应装引弧板、引出板。

b. 薄板对接时的定位焊缝如图 4-13 所示。

操作者进行实际练习时，要注意试板上的定位焊缝。

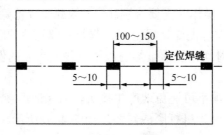

图 4-13　薄板对接时的定位焊缝

5. 焊前准备

（1）坡口形式

由于 CO_2 气体保护焊使用的电流密度大，因此在焊接坡口角度较小，钝边较大的情况下也能焊透；而由于焊枪喷嘴直径较焊条直径粗得多，因此在焊厚板采用的 U 形坡口的圆弧半径较大时，才能保证根部焊透。

CO₂气体保护焊推荐使用的坡口形式及尺寸见 GB/T985—1988《气焊、焊条电弧焊及气体保护焊焊缝坡口的基本形式与尺寸》。

（2）坡口加工方法

① 刨床加工。各种形式的直坡口都可采用边缘刨床或牛头刨床加工。

② 铣床加工。V 形坡口、Y 形坡口、X 形坡口和 I 形坡口的长度不大时，在高速铣床上加工是比较好的。

③ 数控气割或半自动气割。可割出 V 形、I 形、Y 形和 X 形坡口，通常在培训时使用的单 V 形坡口试板都是用半自动气割割出来的，没有钝边，割好的试板用角向磨光机打磨一下就可以使用。

④ 手工加工。在实际条件不具备时，可采用手工气割、角向磨光机或锉刀加工坡口。

⑤ 车床加工。管子端面的坡口及管板上的孔，通常都在车床上加工。

（3）焊接参数的选择

CO₂气体保护焊的焊接参数主要有焊丝直径、焊接电流、电弧电压、焊丝的伸出长度、气体流量、电源极性、焊枪倾角及喷嘴高度等。

焊丝直径越粗，允许使用的焊接电流越大。通常根据焊件的厚度、施焊位置及效率等条件来选择。焊接薄板或中厚板的立、横、仰焊缝时，多采用直径 1.6mm 以下的焊丝。焊丝直径的选择如表 4-5 所示。电流相同时，熔深将随着焊丝直径的减小而增加。焊丝直径对焊丝的熔化速度也有明显的影响。当电流相同时，焊丝越细则熔化速度越快。

表 4-5 焊丝直径的选择

焊丝直径（mm）	焊件厚度（mm）	施焊位置	熔滴过渡形式
0.8	1～3	各种位置	短路过渡
1.0	1.5～6	各种位置	短路过渡
1.2	2～12	各种位置	短路过渡
	中厚	平焊、横焊	细颗粒过渡
1.6	6～25	各种位置	短路过渡
	中厚	平焊、横焊	细颗粒过渡
2.0	中厚	平焊、横焊	细颗粒过渡

4.1.2 操作步骤与安全

对接接头的平焊、立焊和横焊是焊接管板接头和管子接头的基础。通过学习应掌握引弧、接头、收弧、持枪姿势、持枪角度、控制熔孔大小等一系列的操作技术，并认真总结经验，体会其中的操作技术要求。

1. 平焊操作一般步骤与要求

① 熟悉图样和操作要点，清理坡口表面，修磨钝边。

② 按要求进行试件装配，可用 CO_2 焊进行定位焊，也可采用焊条电弧焊点固焊件。

③ 按焊接工艺参数和操作要点，焊接打底层、填充层和盖面层焊缝，注意层间清渣。

④ 焊后清理工件飞溅物，检查焊缝质量，分析问题，总结经验。

2. 立焊操作一般步骤与要求

① 按与 V 形坡口对接平焊相同的装配要求进行定位焊，预置反变形量 3°～4°，然后按立焊位固定在焊接架上，距离地面 800～900mm。

② 采用向下立焊法焊接第一层（打底层），焊丝采用直线运丝法；第二层以后采用向上立焊、月牙形摆动运丝法。施焊盖面焊缝时，要避免出现咬边和焊缝余高过大现象。

3. 横焊操作一般步骤与要求

① 清理试件，装配定位，然后按横焊位置固定试件，距离地面 800～900mm。

② 采用小幅度锯齿形和斜圆圈形运丝法焊接打底层焊道。填充层焊道从下往上排列，要求相互重叠 1/2～2/3 为宜，并保持各焊道的平整，防止焊缝两侧产生咬边。盖面层的焊接电流可略微减小，防止熔池中的液态金属下淌，造成焊道成形不规则。

4. 安全知识

要求掌握 CO_2 气体保护焊安全操作规程。

① 保证工作环境有良好的通风。CO_2 保护气在高温下分解，生成 CO、O 以及产生大量的烟尘。CO 极易和人体血液中的血红蛋白结合，造成人体缺氧。当空气中只有很少量的 CO 时，会使人感到身体不适、头痛；而当 CO 的含量超过一定范围时，则会造成人呼吸困难、昏迷等，严重时甚至导致死亡。如果空气中 CO_2 气体浓度超过一定的范围，也会引起上述的反应。这就要求焊接工作环境应有良好的通风条件，在不能进行通风的局部空间施焊时，应佩戴能供给新鲜氧气的面具及氧气瓶。

② 注意选用容量恰当的电源、电源开关、熔断器及辅助设备，以满足高负载率持续工作的要求。

③ 采用必要的防止触电措施与良好的隔离防护装置和自动断电装置；焊接设备必须保护接地或接零，并经常进行检查和维修。

④ 采用必要的防火措施。由于金属飞溅引起火灾的危险性比其他焊接方法大，要求在焊接作业的周围采取可靠的隔离、遮蔽或防止火花飞溅的措施。

⑤ 由于 CO_2 气体保护焊比普通埋弧电弧焊的弧光更强，紫外线辐射更强烈，应选用颜色更深的滤光片。

⑥ 采用 CO_2 气体电热预热器时，电压应低于 36V，外壳要可靠接地。

⑦ 由于 CO_2 气体是以高压液态盛装在气瓶中的，要防止 CO_2 气瓶直接受热，气瓶不能靠近热源，也要防止剧烈振动。

⑧ 加强个人防护，戴好面罩、手套，穿好工作服、工作鞋，防止人体灼伤。

⑨ 当焊丝送入导电嘴后，不允许将手指放在焊枪的末端来检查焊丝送出情况；也不允许将焊枪放在耳边来试探保护气体的流动情况。

⑩ 使用水冷系统的焊枪，应防止绝缘破坏而发生触电。

注意： 焊接工作结束后，必须切断电源和气源，并仔细检查工作场所周围及防护设施。确认无起火危险后方能离开。

4.1.3　一般故障排除

CO_2 焊机常见故障、产生原因及排除方法见表 4-6。

表 4-6　CO_2 焊机常见故障、产生原因及排除方法

现　象	原　因	排除方法
指示灯不亮	三相电源有问题	检查三相电源及配电箱
	指示灯坏	更换
接触器不工作	三相电源缺相	检查电源
	接触器损坏	更换
	线路有故障	检修机内线路
风扇不转	三相电源缺相	检查三相电源
	风扇有问题	检修风扇
电弧不稳，输出电压波动大	接触器触点坏	检修
送丝不均匀	导电嘴与焊丝不匹配	更换
	送丝轮与焊丝不匹配	更换
	送丝轮槽内有物	更换
无法送丝	送丝机卡丝	调节送丝压力，并减小送丝阻力
	线路有问题	检修线路
焊接成形差	焊枪移动不规则	调整姿势，使焊枪移动规则
	电弧电压较低	调高电弧电压

4.1.4　知识拓展（插入式管板焊接技术）

插入式管板焊接平角焊操作的要点是焊接过程中要不断地转动手腕和保证合适的焊枪角度和位置，要求焊脚要对称。焊枪角度见图 4-14。

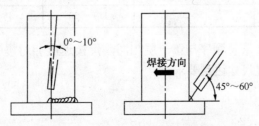

图 4-14　管板焊接平角焊时的焊枪角度

1. 焊接

一般采用左焊法，对于焊脚尺寸要求较小的用单层单道焊接。采用转动管板的方法一次焊完一圈，也可采用不转动管板的方法分段进行焊接。分段焊接时要保证接头处熔合良好。

2. 水平固定位置焊

该位置焊接难度比较大，要求对平焊、立焊、横焊和仰焊的操作都要熟练。焊接时的焊枪角度见图4-15。

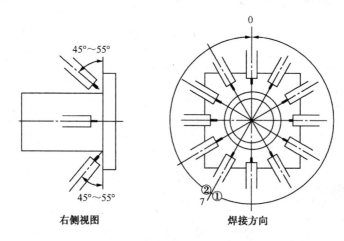

图4-15　全位置焊焊枪角度

采用两层两道焊时工艺参数见表4-7。焊接打底焊时，首先在7点位置引弧，保持一定的焊枪角度，沿逆时针方向开始焊接。当焊到一定位置时，如果身体不合适，可断弧焊接，焊枪的位置不变，快速改变身体位置，引弧后继续焊接至0点位置后熄弧。最好将0点位置的焊缝打磨成斜面，以利于封闭接头。然后再从7点位置引弧，沿顺时针方向焊至0点，接头处保证表面平整，填满弧坑。

表4-7　全位置焊焊接工艺参数

焊接层次	焊丝直径（mm）	焊丝伸出长度（mm）	焊接电流（A）	电弧电压（V）	气体流量（L/min）
打底焊	1.2	15～20	90～120	18～20	12
盖面层	1.2	15～20	110～130	18～20	15

焊接盖面焊道时的要求及顺序与第一层相同，焊接速度相对慢些，焊枪需要摆动，以保证焊缝两侧熔合好，焊缝尺寸达到要求。

3. 垂直固定仰焊

垂直固定仰焊可根据板厚采用单层单道焊接或多层多道焊接。以两层两道焊接为例，其工艺参数见表4-8。

表 4-8　仰焊焊接工艺参数

焊接层次	焊丝直径（mm）	焊丝伸出长度（mm）	焊接电流（A）	电弧电压（V）	气体流量（L/min）
打底焊	1.2	15～20	90～120	18～20	12～15
盖面层	1.2	15～20	110～130	19～20	12～15

焊接时可采用右焊法，焊枪角度如图 4-16 所示。打底焊时，电弧对准管板根部，保证根部熔透。不断调整身体位置及焊枪角度，尽量减少焊接接头，焊接速度可快些。盖面焊时，焊枪适合作横向摆动，保证两侧熔合良好。

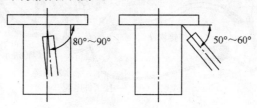

图 4-16　仰焊时焊枪角度

4.2　手工钨极氩弧焊

4.2.1　工艺知识

1. 焊接特点

① 电弧能量比较集中，热影响区小，在焊接薄板时比采用气焊变形小。

② 能焊接活泼性较强的和含有高熔点氧化膜的铝、镁及其合金。

③ 操作时不受空间位置限制，适用于全位置焊接。

④ 焊缝区无熔渣，焊工在操作时可以清楚地看到熔池和焊缝的形成过程。

⑤ 适于焊接有色金属及其合金、不锈钢、高温合金钢以及难熔的活性金属等，常用于结构钢管及薄壁件的焊接。

⑥ 由于手工钨极氩弧焊电流较小，所以焊接速度较低。焊缝易受钨的污染，通常需要采取防风措施，保证氩气流态完好，否则空气与高温钨极接触会氧化，而进入熔池。

2. 设备选择

钨极氩弧焊按施焊方式，有手工焊、半自动焊和自动焊。半自动焊填充焊丝的送进由机械完成，而焊接操作由人工进行。自动焊是指焊接操作按程序自动完成，包括提前送气，自动引弧，工件和焊枪的自动运行及停止，有些自动焊还包括焊缝跟踪，焊丝摆动，弧长自动调节等功能。

无论直流还是交流钨极氩弧焊，都要求焊接电源具有陡降的或垂直下降的外特性。焊接电源和焊枪、工件、气路及水路的连接见图 4-17。

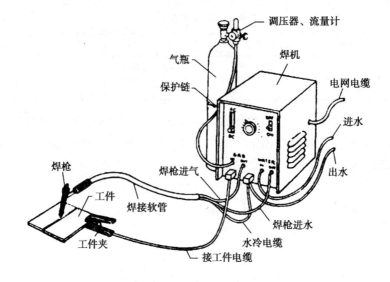

图 4-17　氩弧焊电源和焊枪、工件、气路及水路的连接

（1）电源选择

① 直流电源。直流电源适合于焊接除铝、铝合金及镁合金以外的各种金属材料，一般采用正极性。

② 交流电源。交流电源适合于焊接铝、铝合金及镁合金。普通焊条电弧焊电源经过安装引弧、稳弧装置和消除直流分量后，就可以作为交流钨极氩弧焊的电源。引弧装置包括高频振荡器和高压脉冲发生器。高频振荡器用做引弧装置时，可在引弧完成以后自动切断，也可以一直在焊接回路中稳定电弧。为了减小高频振荡对操作者的有害影响，通常高频振荡器只用于引弧，电弧引燃后自动切断。

NSA-120 型交流手工钨极氩弧焊机采用高频振荡器引弧，采用高压脉冲发生器稳弧。

NSA-300-1 型交流手工钨极氩弧焊机采用高频振荡器引弧和高压脉冲发生器稳弧，并串接电容器来消除直流分量。

NAS-400 型、NSA-500-1 型交流手工钨极氩弧焊机和 NSA2-300-1 型交、直流两用手工钨极氩弧焊机，都采用高压脉冲发生器进行引弧和稳弧，串接电容器来消除直流分量。

③ 方波交流电源。方波交流电源适合于要求较高的铝、铝合金及镁合金的焊接。方波交流电源是一种借助控制技术的可控硅交流弧焊变压器，通过电流负反馈自动调节可控硅触发角，以获得恒流特性，并消除直流分量。方波交流电源结构紧凑，体积小。我国研制的交流方波手工钨极氩弧焊机，具有稳弧和消除直流分量的功能，提高了钨电极的载流能力。采用高频振荡器引弧，电弧引燃后自动切除。

（2）氩弧焊焊枪

钨极氩弧焊焊枪主要由手把、连接件、电极夹头、喷嘴、气管、水管、电缆线、导线、按钮开关等组成。主要根据焊接电流大小、被焊金属种类等具体情况来选择焊枪型号。

① 焊枪的型号编制及含义如下（以 NZM2-300 为例）。

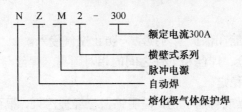

操作方式一般不标字母，字母 Z 表示自动焊枪，字母 B 表示半自动焊枪。出气角度是焊枪和工件平行时，保护气喷射方向和焊件间的夹角。在冷却方式中，S 代表水冷，Q 代表气冷。

② 氩弧焊焊枪结构。图 4-18 所示为 QS-85°/250 型水冷式氩弧焊焊枪结构分解图，图 4-19 所示为 QQ-85°/150-1 型气冷式氩弧焊焊枪结构图。

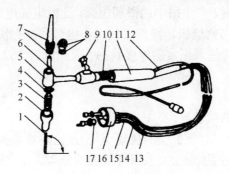

1—钨极；2—陶瓷喷嘴；3—导流件；4、8—密封圈；5—枪体；6—钨极夹头；7—盖帽；9—扎线；10—接头；

11—手把；12—插头；13—进气管；14—出水管；15—水冷缆管；16—活动接头；17—水冷接头

图 4-18 QS-85°/250 型水冷式氩弧焊焊枪结构分解图

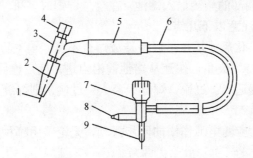

1—钨极；2—陶瓷喷嘴；3—枪体；4—短帽；5—手把；6—电缆；7—气开关手轮；8—通气接头；9—通电接头

图 4-19 QQ-85°/150-1 型气冷式氩弧焊焊枪结构

3. 操作要点

（1）准备

① 保证正确的持枪姿势，随时调整焊枪角度及喷嘴高度。

② 注意气体对熔池的保护。

如果钨极没有变形，焊后钨极端部为银白色，说明保护效果好；如果焊后钨极发蓝，说明保护效果较差。

送丝速度要均匀，不能在保护区内搅动，防止空气侵入。

③ 焊接时，确保焊枪、焊丝和工件之间的相对距离，焊丝与工件之间的角度不宜过大，否则会扰乱电弧和气流的稳定。

④ 如果钨极端部发黑或有瘤状物，说明钨极已经被污染，很可能是焊接过程中发生了短路，或沾了很多飞溅物，必须将这段磨掉。

（2）引弧

手工钨极氩弧焊有高频引弧、高压脉冲引弧和短路引弧三种引弧方法。为了提高焊接质量，手工钨极氩弧焊多采用高频引弧。

第一次按下焊枪开关时，产生很小的微弱电弧，此时电弧电压（2～5V）和电流（3～10A）都很小，从而避免了钨极熔化烧损。操作者利用小电弧的光亮快速找到正确的焊接位置，再次按下焊接开关，电弧即可进入正常的焊接状态。采用这种方法引弧，是非常可靠、稳妥的，同时对人体的危害也较小。

（3）填丝

填丝分为连续填丝和断续填丝。

连续填丝操作技术较好，对保护层的扰动小，但是比较难掌握。它要求焊丝比较平直，用左手拇指、食指和中指配合送丝，无名指和小指夹住焊丝控制方向，见图4-20。连续送丝时手臂动作不大，待焊丝快用完时才迁移。

断续送丝是用左手拇指、食指、中指掐紧焊丝，焊丝末端应始终处于氩气保护区内。填丝动作要轻，不得扰动氩气保护层，以防空气侵入。更不能像气焊那样在熔池内搅拌，而是靠手臂和手腕的上、下反复动作，将焊丝端部的熔滴送入熔池。在全位置焊时多采用此法。在填充焊丝时要注意以下几点。

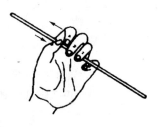

图4-20 连续填丝操作技术

① 必须等坡口两侧熔化后才填丝，以免造成熔合不良。

② 焊丝应与工件成15°夹角，快速从熔池前沿点进，随后撤回，如此反复动作。

③ 填丝要均匀，快慢适当。过快，焊缝余高大；过慢，则焊缝下凹和咬边。焊丝端头应始终处在氩气保护区内。

④ 间隙较大时，焊丝应随电弧作横向同步摆动，无论采用哪种填丝方式，送丝速度都要与焊接速度相适应。

⑤ 填充焊丝时，不能把焊丝直接放在电弧下面，以免造成钨极与焊丝相碰，发生短路，造成焊缝污染或夹钨。同时也不能把焊丝抬得过高，不要让焊丝端头离开氩气保护区，以免焊丝端头被氧化，在下次点进时进入熔池，造成氧化物夹渣或产生气孔。

（4）收弧

焊接结束时，首先将焊丝抽离电弧区，但不要脱离保护区，以免焊丝端部氧化；然后将焊枪移到熔池的前边缘上方后抬高，拉断电弧，注意焊枪不要抬得过高，使熔池失去保护。一般氩弧焊设备都有电流自动衰减装置，最好的办法是采用电流衰减灭弧。

（5）定位焊

定位焊缝将是焊缝的一部分，应采用与正式焊接相同的焊接工艺和填丝方法。定位焊缝的长度和间距应根据焊件厚度和刚度而定。一般每个定位焊缝的长度为 10～20mm，焊缝余高不超过工件表面，否则打磨掉重焊。不许用重熔的办法修补。

（6）焊接和接头

焊接时要掌握好焊枪角度和送丝位置，只有送丝均匀，才能保证焊缝成形。为了获得比较宽的焊道，保证坡口两侧的熔合质量，氩弧焊枪可以横向摆动，摆动幅度以不破坏熔池的保护效果为原则，由操作者灵活掌握。

焊接时应尽量避免停弧，减少冷接头次数。由于在焊接过程中，需要更换钨极、焊丝等，因此，接头是不可避免的。应尽可能设法控制接头质量。一般在接头处要有斜坡，不留死角，重新引弧的位置在原弧坑后面，使焊缝重叠 20～30mm，重叠处不加或少加焊丝，要保证熔池的根部焊透。

4. 焊材选择

（1）焊丝

焊丝的主要合金成分要高于母材。焊丝主要分为两大类：钢用焊丝和有色金属焊丝。选择焊丝时，尽量选用专用焊丝。

目前我国无氩弧焊焊丝的专用标准，在氩弧焊工具书中可以查到常用氩弧焊焊丝，供焊接不同钢种时选用。有色金属焊丝一般采用与母材相当的填充金属作为氩弧焊焊丝。也可用与母材成分相同的板条当焊丝用。焊丝的牌号因钢种不同而异。

（2）钨极

一般不用纯钨做电极，因为纯钨的逸出功较高，而且长时间大电流焊接时，烧损较明显。通常采用钍钨极或铈钨极。不同的电极材料要求的空载电压不同，见表 4-9。

表 4-9　不同电极材料对焊机空载电压的要求

电极名称	电极型号	所需空载电压（V）		
		低碳钢	不锈钢	铜
纯钨极	—	95	95	95
钍钨极	WTH-10	70～75	55～70	40～65
钍钨极	WTH-15	40	40	35

5. 保护气体

氩气是无色无味的气体，比空气重 25%。用氩气作为保护气体不宜漂浮散失，且能在熔池表面形成一层较好的覆盖层。由于氩气是惰性气体，它既不与金属起化学反应，也不熔于金属中，因此可避免焊缝金属中的合金元素烧损及由此带来的其他焊接缺陷，使焊接冶金反应变得简单和容易控制，为获得高质量的焊缝提供了良好的条件。因此，它适合于高强度合金钢、铝、镁、铜及其合金的焊接。焊接时电弧燃烧较稳定，即使在电压较低时，电弧也很稳定，一般电弧电压在 8～17V，但空载电压较高，大于 70V。氩气的纯度对焊接质量影响非常大，按我国现行规定，氩气的纯度应达到 99.99%。

在钨极氩弧焊中，除用氩气作为保护气体外，还有氦气（He）、氦气与氩气的混合气体等，在焊接导热性较高的厚板材料时采用。

4.2.2 平板对接焊操作技能

钨极氩弧焊主要用于薄板或薄壁工件的焊接，或者是重要工件的打底焊。平板对接主要是 6mm 以下的薄板，要求单面焊双面成形。

1. 薄板对接平焊

（1）试件尺寸及装配

试件选用 Q235 钢，尺寸为 6mm×300mm×200mm，焊接材料选用 H08Mn2SiA 焊丝。试件及坡口尺寸见图 4-21，试件装配见表 4-10。

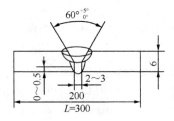

图 4-21 试件及坡口尺寸

表 4-10 试件装配

坡口角度（°）	装配间隙（mm）	钝边（mm）	反变形（°）	错边（mm）	定位焊长度（mm）
60	起焊端 2 终焊端 3	0～0.5	3	≤0.8	10～15

（2）焊接工艺参数

焊接工艺参数见表 4-11。

表 4-11 焊接工艺参数

焊接层次	焊接电流（A）	焊接电压（V）	氩气流量（L/min）	钨极直径（mm）	焊丝直径（mm）	钨极伸出长度（mm）	喷嘴直径（mm）	喷嘴至工件距离（mm）
打底焊	80～90	12～16	7～9	2.5	2.5	4～8	10	≤12
填充焊	90～100							
盖面焊	90～100							

（3）注意事项

① 平焊最容易操作，首先要进行定位焊，其次再开始打底焊。在定位焊缝上引燃电弧后，焊枪停留在原位置不动，稍加预热，当定位焊缝外侧形成熔池后，开始填充焊丝。

② 封底焊时，应减小焊枪角度，使电弧热量集中在焊丝上，采取较小的焊接电流，加快焊接速度和送丝速度，避免焊缝下凹和烧穿。

③ 焊接过程中，密切注意焊接工艺参数的变化及相互关系，随时调整焊接速度和焊枪角度，保证背面焊缝成形良好。接头时，首先要检查原弧坑处的焊缝质量，如果保护效果较好，无氧化物等缺陷时，可直接接头。

④ 如果有缺陷，要处理完后方能进行焊接。接头方法是在弧坑右侧 15～20mm 处引弧，并慢慢向左移动，等弧坑开始熔化，并形成熔池和熔孔后，继续送丝焊接。收弧时要减小焊枪与工件的夹角，加大焊丝熔化量，填满弧坑。

⑤ 打底焊完成以后，要进行填充焊。填充焊接时的注意事项同打底焊，焊枪的横向摆动幅度要比打底焊时稍大，在坡口两侧稍加停留，保证坡口两侧熔合好，焊道均匀。填充焊时不要熔化坡口的上棱边，焊道比工件表面低 1mm 左右。最后是盖面焊，要进一步加大焊枪摆动幅度，保证熔池两侧超过坡口棱边 0.5～1.5mm，根据焊缝的余高决定填丝速度和焊接速度。

2．薄板对接立焊

① 试件选用 Q235 钢，尺寸为 6mm×300mm×200mm，焊接材料选用 H08Mn2SiA 焊丝。试件及坡口尺寸见图 4-21。试件装配见表 4-10。

② 焊接工艺参数见表 4-11。

③ 焊接要点及注意事项如下。

立焊难度较大，主要是熔池金属下坠，焊缝成形不好，易出现焊瘤和咬边。一般选用偏小的焊接电流，焊枪作上凸月牙形摆动，并随时调整焊枪角度来控制熔池的凝固，避免铁水下流，通过焊枪的移动与填丝的有机配合，获得良好的焊缝。

首先是定位焊，然后在工件最下端的定位焊缝上引燃电弧，开始打底焊。先不加焊丝，待定位焊缝开始熔化，形成熔池和熔孔后，开始填丝，向上焊接，焊枪作上凸的月牙形摆动，在坡口两侧稍停留，保证两侧熔合好。立焊焊枪顺焊道后倾 10°～20°，填丝顺焊道与焊接方向成 20°～30° 角。焊接时要特别注意焊枪向上移动的速度要合适，要控制好熔池的形状，保证熔池的外沿接近椭圆形，不能凸出来，否则焊道外凸，成形不好。使熔池表面接近一个水平面匀速上升，这样，焊缝外观较平整。填充焊时，焊枪摆动幅度较大，保证两侧熔合好，焊道表面平整，焊接步骤、焊枪角度与打底焊相同。

3．薄板对接横焊

（1）试件尺寸及装配

试件选用 Q235 钢，尺寸为 6mm×300mm×200mm，焊接材料选用 H08Mn2SiA 焊丝。试件装配见表 4-10。

（2）焊接工艺参数

焊接工艺参数见表 4-11。

（3）注意事项

焊接时要避免上部咬边和下部焊道凸出下坠，电弧热量要偏向坡口下部，防止上部坡口过热，母材熔化过多。

定位焊完成以后，首先要进行打底焊。打底焊要保证根部焊透，坡口两侧熔合良好。在工件一端引弧，先不填丝，焊枪在起始端定位焊缝处稍停留，待形成熔池和熔孔后，再填丝向另一方向焊接（一般采用右焊法）。焊枪作小角度锯齿形摆动，在坡口两侧稍停留。

填充焊时，除焊枪摆动幅度稍大外，焊接顺序、焊枪角度、焊丝位置都与打底焊相同。盖面焊有两道焊道，先焊下面的焊道，后焊上面的焊道。焊下面的焊道时，电弧以填充焊焊道的下沿为中心摆动，使熔池的上沿在填充焊焊枪的1/2～2/3处，熔池的下沿超过坡口下棱边 0.5～1.5mm；焊上面的焊道时，电弧以填充焊焊枪上沿为中心摆动，使熔池的上沿超过坡口上棱边 0.5～1.5mm，熔池的下沿与下面的盖面焊焊枪均匀过渡，保证盖面焊焊道表面平整。盖面焊焊枪角度如图 4-22 所示。

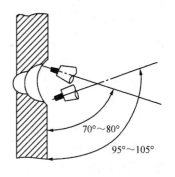

图 4-22　横焊盖面焊焊枪角度

4．薄板对接仰焊

（1）试件尺寸及装配

试件的尺寸与装配和平焊相同。

（2）焊接工艺系数

仰焊时的焊接工艺参数见表 4-11。

（3）注意事项

这是平板对接最难焊的位置，主要是由于重力作用，熔池和焊丝熔化后的下坠比立焊严重，因此，必须控制好焊接线能量和冷却速度，采用较小的焊接电流、较大的焊接速度，加大氩气流量，使熔池尽可能小，凝固尽可能快，保证焊缝外形美观。

打底焊时，焊枪与工件成 80°～90°，仰焊焊枪角度见图 4-23。在工件一端定位焊缝上引弧，先不填丝，形成熔池和熔孔后开始填丝，并向左开始焊接。焊接时要压低电弧，作小幅度锯齿形摆动，在坡口两侧稍停留，熔池不能太大，防止熔融金属下坠。接头时可在弧坑右侧 15～20mm 处引燃电弧，迅速将电弧移至弧坑处加热，待原弧坑熔化后，开始填丝，转入正常焊接。焊至工件终端填满弧坑后灭弧，待熔池冷却后再移开焊枪。

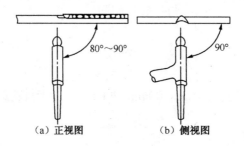

（a）正视图　　　（b）侧视图

图 4-23　仰焊焊枪角度

填充焊步骤同打底焊，但摆动幅度稍大，要保证坡口两侧熔合好，获得表面平整，离工件表面约 1mm，不准熔化棱边。

盖面焊时焊枪摆幅加大，使熔池两侧超过坡口棱边 0.5～1.5mm，应熔合好，成形好，无缺陷。

4.2.3　管-板焊接操作技能

管-板焊接分插入式管-板焊接和骑坐式管-板焊接，插入式管-板焊接是比较容易掌握的项目，焊接时只要能保证根部焊透，焊角对称，外形美观，尺寸均匀无缺陷即可；骑坐式管-板焊接一般要求单面焊双面成形，增加了焊接的难度。

1．插入式管-板垂直固定平角焊

（1）试件准备

试件采用壁厚 3.5mm，外径 60mm 的无缝钢管，长度为 120mm，底板采用 12mm 厚的 100mm×100mm 的钢板，选用 H08Mn2SiA 焊丝，氩气纯度不小于 99.5%。

（2）焊接工艺参数

插入式管-板垂直固定平角焊工艺参数见表 4-11。

（3）焊接要求与注意事项

采用单层单道，左焊法。焊枪角度如图 4-24 所示。

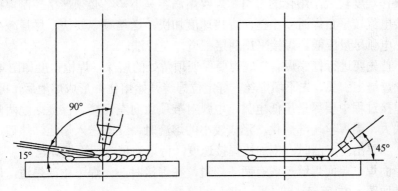

图 4-24　平角焊焊枪角度

焊接前，首先要调整好钨极伸出长度，调整方法如图 4-25 所示。焊接时，在工件右侧的定位焊缝上引弧，先不填焊丝，引燃电弧后，焊枪稍加摆动，待定位焊缝开始熔化并形成熔池后，开始填焊丝，向左焊接。在焊接过程中，电弧以管子与底板的顶角为中心横向摆动，摆动的幅度要适当，使焊脚均匀，注意焊脚对称。为了防止管子咬边，电弧可稍离开管壁，从熔池前方添加焊丝，使电弧的热量偏向底板。

接头时，在原收弧处右侧 15～20mm 处的焊缝上引弧，引燃电弧后，将电弧迅速移到原收弧处，先不填焊丝，待接头处熔化，形成熔池后，开始填焊丝，按正常

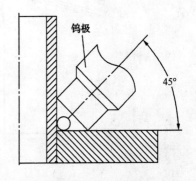

图 4-25　调整钨极伸出长度示意图

速度焊接。待一圈焊缝焊完时停止送丝，等原来的焊缝金属熔化，与熔池连成一体后再填焊丝，弧坑填满后断弧。封闭焊缝的最后接头处容易产生未焊透的缺陷，焊接时必须用电弧加热根部，观察到顶角处熔化后再填焊丝。如果焊接比较重要的工件，可将原来的焊缝头部磨成斜坡，这样更容易接好头。

2．插入式管–板焊接垂直固定仰焊

（1）试件准备

与垂直固定平角焊的试件相同。

（2）焊接工艺参数

插入式管–板焊接垂直固定仰焊的工艺参数见表 4-12。

表 4-12　仰焊工艺参数

焊接电流 （A）	焊接电压 （V）	氩气流量 （L/min）	钨极直径 （mm）	焊丝直径 （mm）	钨极伸出长度 （mm）	喷嘴直径 （mm）	喷嘴至工件距离 （mm）
80～90	11～16	6～9	2.5	2.5	4～8	10	≤12

（3）焊接要点与注意事项

仰焊的操作难度较大，熔化的母材和焊丝熔滴容易下坠，必须严格控制焊接线能量和冷却速度。焊接电流较平角焊时要小些，焊接速度加快，送丝频率要快，尽量减少送丝量。氩气流量加大，电弧尽量压低。焊接采用两层三道，左焊法。

焊接时，首先要进行打底焊。打底焊要保证顶角处的熔深，焊枪角度如图 4-26 所示。先在右侧的定位焊缝上引弧，先不填焊丝，等定位焊缝开始熔化并形成熔池后，再开始填焊丝，向左焊接。焊接过程中要尽量压低电弧，电弧对准顶角向左焊接，保证熔池两侧熔合好。焊丝熔滴不能太大，当焊丝端部熔化，形成较小的熔滴时，立即送入熔池，然后退出焊丝，观察熔池表面，当要出现下凸时，应加快焊接速度，待熔池稍冷后再填焊丝。

最后是盖面焊，盖面焊缝一般有两条焊道，在焊接时，先焊下边的焊道，后焊上边的焊道。焊枪角度如图 4-27 所示。

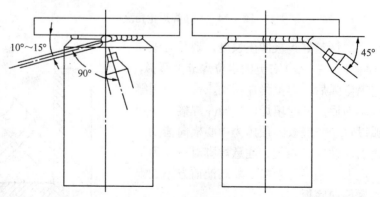

图 4-26　仰焊打底焊焊枪角度

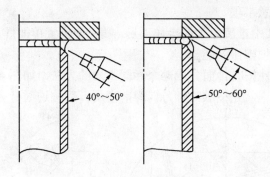

图 4-27 仰焊盖面焊焊枪角度

3. 骑坐式管–板 T 形接头水平固定焊

骑坐式管-板焊接难度较大，要求单面焊双面成形，同时又要保证焊缝正面成形美观，焊脚对称。

（1）试件准备

管、板试件均选用 Q235 钢，试件及坡口尺寸见图 4-28。

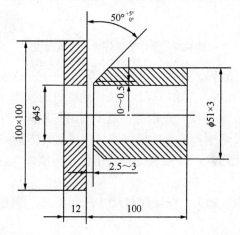

图 4-28 试件及坡口尺寸

定位焊缝采用三点，均布于管子外圆周，焊缝长度 8～10mm，且不能置于时钟"6 点钟"的位置。

（2）焊接工艺参数

焊接工艺参数见表 4-13。

表 4-13 焊接工艺参数

焊接电流（A）	焊接电压（V）	氩气流量（L/min）	钨极直径	焊丝直径	钨极伸出长度	喷嘴直径	喷嘴至工件距离
					（mm）		
80～90	11～13	6～9	2.5	2.5	4～8	10	≤12

（3）焊接要点与注意事项

这是管–板接头形式中难度最大的操作项目，属于全位置单面焊双面成形的焊接，它包括了平焊、立焊和仰焊三种操作技能。

焊接时，采用将试件按时钟面分成两个相同半周的方法，如图 4-29 所示。分两层两道焊接，每层都分成两个半周，先按顺时针方向焊前半周，后按逆时针方向焊后半周。

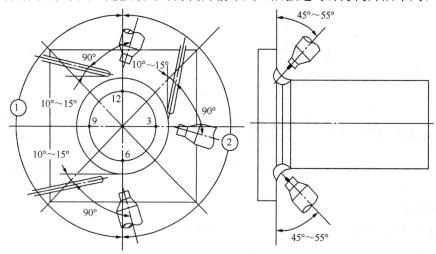

图 4-29　全位置焊焊枪与焊丝角度

首先要进行前半周的打底焊，在"6 点钟"左侧 10～15mm 处引弧，先不填焊丝，待坡口根部熔化，形成熔池、熔孔后，开始填焊丝，按照顺时针方向焊至 12 点左侧 15～20mm 处。

然后再从"6 点钟"位置引弧，开始进行后半周的打底焊，引弧后迅速将电弧带至焊缝端部预热，等焊缝端部形成熔池和熔孔后填焊丝，按逆时针方向焊至前半周的接头处。

当焊至接头处时，停止送丝，等接头处焊缝熔化时再填焊丝，填满最后一个熔池后，结束焊接。

盖面焊时，焊枪摆动幅度加大，保证焊脚尺寸符合要求，焊接顺序及工艺参数同打底焊。

4.2.4　管子对接操作技能

管子对接采用钨极氩弧焊焊接时，主要是薄壁小直径管的焊接；对于大直径管的对接，钨极氩弧焊主要进行打底焊。本节只讨论小直径管的焊接。

1．水平转动的小直径管对接

（1）试件准备及装配

小直径管采用外径为 42mm，壁厚为 5mm，长度为 100mm 的无缝钢管，材料为 20g 钢，加工成 30°坡口，选用 H08Mn2SiA 焊丝。定位焊只焊一处，在时钟"6 点钟"的位置，焊缝长度为 10mm，此处间隙为 2mm，"12 点钟"位置的间隙为 1.5mm。

（2）焊接工艺参数

水平转动小径管对接工艺参数见表 4-14。

表 4-14　水平转动小径管对接焊工艺参数

焊接电流	焊接电压	氩气流量	钨极直径	焊丝直径	钨极伸出长度	喷嘴直径	喷嘴至工件距离
(A)	(V)	(L/min)			(mm)		
90～100	10～12	8～12	2.5	2.5	4～8	8	≤12

（3）焊接要点

采用两层两道进行焊接，焊枪与管子水平面成 75°～90°，焊丝与水平面成 10°～15°，如图 4-30 所示。

首先在 0 点处引弧，管子先不动，待管子坡口熔化并形成熔池和熔孔后，开始转动加丝。

在焊接过程中，焊接电弧始终保持在 0 点处并对准间隙，可稍作横向摆动，要注意管子的转动速度和焊接速度保持一致。填充焊丝以往复运动方式，间断送入电弧内的熔池前方，成滴状加入，送丝要有规律。同时，焊接过程中管子、焊丝和喷嘴

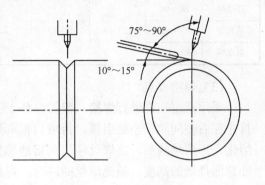

图 4-30　焊枪角度

之间要保持一定的距离，避免焊丝接触到钨极或扰乱气流，注意焊丝末端不要离开保护区。当焊至定位焊缝时，降低焊接速度。

收弧时，首先要将焊接电流开始衰减，电弧熄灭后，同时切断电源，焊接电流开始衰减，熔池逐渐冷却。电弧熄灭后，延时断气并移开焊枪。打底焊道封闭前，填满弧坑后断弧。盖面焊时，焊枪横向摆动幅度加大，其余操作与打底焊相同。

2. 垂直固定小直径管对接

（1）试件准备及装配

试件材料为 20G 钢，选用 H08Mn2SiA 焊丝，试件及坡口尺寸见图 4-31。定位焊缝在左边，为一点固定，焊缝长度 10mm，此处间隙 2mm，右侧间隙为 1.5mm。

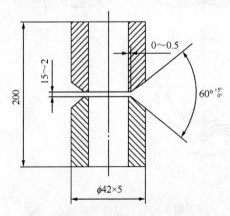

图 4-31　试件及坡口尺寸

（2）焊接工艺参数

焊接工艺参数见表4-15。

表4-15　焊接工艺参数

焊接层次	焊接电流 （A）	焊接电压 （V）	氩气流量 （L/min）	钨极直径	焊丝直径	钨极伸出长度	喷嘴直径	喷嘴至工件距离
						（mm）		
打底焊	80～90							
填充焊	90～100	12～16	8～10	2.5	2.5	4～8	8	≤12
盖面焊	90～100							

（3）焊接要点

采用两层三道进行焊接，盖面焊分上下两道，左焊法。打底焊焊枪角度如图4-32所示。首先在右侧间隙较小处引弧，待坡口根部熔化，形成熔池和熔孔后开始填焊丝；当焊丝端部熔化，形成熔滴后，将焊丝轻轻向熔池里推一下，并向管内摆动，将铁水送到坡口根部，保证背面焊缝的高度。填充焊丝的同时，焊枪作小幅度横向摆动，并向左均匀移动。在焊接过程中，填充焊丝以往复运动方式间断地送入电弧内的熔池前方，在熔池前成滴状加入。送丝要有规律，不能时快时慢，以保证焊缝成形美观。当焊工要移动位置暂停焊接时，应按收弧要点操作。打底焊时，熔池的热量要集中在坡口的下部，防止上部坡口过热，母材熔化过多，产生咬边等缺陷。

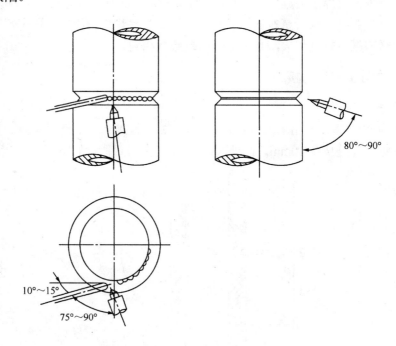

图4-32　打底焊焊枪角度

盖面焊由上下两道焊缝组成，先焊下面的焊道，后焊上面的焊道，焊枪角度如图4-33所示。焊下面的盖面焊道时，电弧对准打底焊道下沿，使熔池下沿超出管子坡口棱边0.5～1.5mm，熔池上沿在打底焊道 1/2～2/3 处。焊上面的焊道时，电弧对准打底焊道上沿，使熔池上沿超出管子坡口 0.5～1.5mm，下沿与下面的焊道圆滑过渡，焊接速度要适当加快，送丝频率加快，适当减少送丝量，防止焊缝下坠。

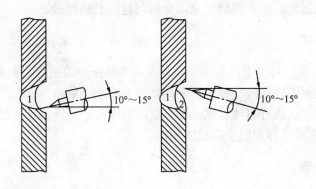

图 4-33　盖面焊焊枪角度

（4）安全知识

① 焊接工作场所必须备有防火设备，如砂箱、灭火器、消防栓、水桶等。易燃物品距离焊接场所不得小于 5m。若无法满足规定距离时，可用石棉板、石棉布等妥善覆盖，防止火星落入易燃物品。易爆物品距离焊接场所不得小于 10m。氩弧焊工作场地要有良好的自然通风和固定的机械通风装置。

② 手工钨极氩弧焊机应放置在干燥通风处，严格按照焊机使用说明书操作。使用前应对焊机进行全面检查，确定焊机没有隐患，再接通电源。空载运行正常后方可施焊，保证焊机接线正确，必须良好、牢靠接地以保障安全。焊机电源的通、断由电源板上的开关控制，严禁负载扳动开关。

③ 应经常检查氩弧焊枪冷却水或供气系统的工作情况，发现堵塞或泄漏时应即刻解决，防止烧坏焊枪和影响焊接质量。

④ 焊接人员离开工作场所或焊机不使用时，必须切断电源。若焊机发生故障，应由专业人员进行维修，检修时应做好防电击等安全措施。焊机应每年除尘清洁一次。

⑤ 焊接时应尽量减少高频电磁场作用时间，引燃电弧后立即切断高频电源。焊枪和焊接电缆外应用软金属编织线屏蔽（软管一端接在焊枪上，另一端接地，外面不包绝缘）。如有条件，应尽量采用晶体脉冲引弧取代高频引弧。

⑥ 焊工操作时应穿白色帆布工作服，戴好口罩、面罩及防护手套、脚盖等。为了防止触电，应在工作台附近地面覆盖绝缘橡皮，工作人员应穿绝缘胶鞋。

4.2.5　实训步骤

1. 板–板对接平焊操作步骤

① 熟悉图样和操作要点，清理坡口表面，修磨钝边。

② 按要求进行焊件装配，可采用二氧化碳进行定位焊，也可采用焊条电弧焊点固焊件。

③ 按焊接工艺参数、操作要点，焊接打底层、填充层和盖面层焊缝，注意层间清渣。

④ 焊后清理飞溅物，检查焊缝质量，分析问题，总结经验。

2. 立焊操作步骤

① 采用与 V 形坡口对接平焊相同的焊件及焊件装配要求进行定位焊，反变形量为 3°～4°，然后按立焊位置固定在焊接架上，距离地面 800～900mm。

② 采用向下立焊法进行直线运丝；第二层以后用向上立焊、月牙形运条摆动运丝。施焊盖面焊时，避免出现咬边和焊缝余高过大缺陷。

3. 横焊操作步骤

① 清理试件，装配定位，然后按横焊位置固定试件，距离地面 800～900mm。

② 采用小幅度锯齿形和斜圆圈形运丝法焊接打底层焊道。填充层焊道从下往上排列，要求相互重叠 1/2～2/3 为宜，并保持各焊道的平整，防止焊缝两侧产生咬边。盖面层的焊接电流可略微减小，防止熔池中的液态金属下淌，造成焊道成形不规则。

4. 坐骑式管–管对接步骤

① 熟悉图样，修锉坡口，清理孔板。

② 按图样要求进行装配。

③ 打底焊完成后进行填充焊和盖面焊，检查焊接质量和焊脚尺寸，分析问题，总结经验。

5. 全位置管–管焊接步骤

① 熟悉图样，修锉坡口，清理孔板。

② 根部间隙 2.5～3.2mm，在"2 点钟"和"10 点钟"位置定位焊，然后水平固定在焊接支架上，距地面 800～900mm。

③ 保证熔合良好，背面焊透，防止仰位出现背面内凹，平位出现焊瘤等缺陷。

④ 用月牙形和锯齿形运条法焊接填充层和盖面层焊缝。

⑤ 检查焊接质量和焊脚尺寸，分析问题，总结经验。

6. 管–管对接操作步骤

① 熟悉图样，修锉坡口，清理孔板。

② 在"2 点钟"和"10 点钟"位置定位焊，然后水平固定在焊接支架上，距地面 800～900mm 高度。

③ 用月牙形和锯齿形运条法焊接填充层和盖面层焊缝。

④ 检查焊接质量和焊脚尺寸，分析问题，总结经验。

4.3　实训项目

1．实训项目 1（12mm Q235 板 V 形坡口对接 CO_2 焊平焊）

【操作步骤】

（1）装配及定位焊

装配间隙及定位如图 4-34 所示，焊件对接平焊的反变形如图 4-35 所示。

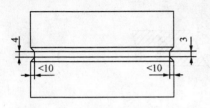

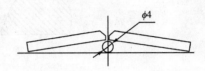

图 4-34　装配间隙及定位　　　　　图 4-35　对接平焊反变形

（2）焊接参数选择

两组参数对比：第一组用 ϕ1.2mm 焊丝，较难掌握，但适用性好；第二组用 ϕ1.0mm 焊丝，比较容易掌握，但因 ϕ1.0mm 焊丝不普遍，适用性较差，使用受到限制。表 4-16 所示为焊接参数。

表 4-16　焊接参数

组别	焊接层次	焊丝直径（mm）	伸出长度（mm）	焊接电流（A）	电弧电压（V）	气体流量（L/min）	层数
第一组	打底焊	1.2	20～25	90～110	18～20	10～15	3
	填充焊			220～240	24～26	20	
	盖面焊			230～250	25	20	
第二组	打底焊	1.0	15～20	90～95	18～20	10	3
	填充焊			110～120	20～22		
	盖面焊			110～120	20～22		

（3）焊接要点

① 焊枪角度与焊法。采用左焊法焊接，三层三道，对接平焊的焊枪角度如图 4-36 所示。

② 打底焊。调节好打底焊的参数后，在焊件右端预焊点左侧约 20mm 处坡口一侧引弧，待电弧引燃后迅速右移至焊件的右端头，然后向左侧开始打底焊，焊枪沿坡口两侧作小幅度横向摆动，并控制电弧在离底边约 2～3mm 处燃烧，当坡口底部熔孔直径达到 3～4mm 时转入正常焊接。

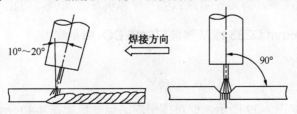

图 4-36　对接平焊焊枪角度

（4）打底焊注意事项

① 电弧始终在坡口内作小幅度横向摆动，并在坡口两侧稍微停留，使熔孔直径比间隙大 0.5～1mm。焊接时要仔细观察熔孔，并根据间隙和熔孔直径的变化调整横向摆动幅度和焊接速度，尽可能地维持熔孔的直径不变，以保证获得宽窄和高低均匀的反面焊缝。

② 电弧在坡口两侧停留的时间以保证坡口两侧熔合良好为宜，使打底焊道与坡口结合处稍下凹，焊道表面保持平整，如图 4-37 所示。

③ 打底焊时，要严格控制喷嘴的高度，电弧必须在离坡口底部 2～3mm 处燃烧，保证打底层厚度不超过 4mm。

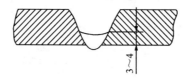

图 4-37　打底焊示意图

（5）填充焊

调节好填充层的焊接参数后，在焊件右端开始焊填充层，焊枪横向摆动的幅度较打底层焊接时稍大，应注意熔池两侧的熔合情况，保证焊道表面平整并稍向下凹。

特别注意，除保证焊道表面平整并稍向下凹外，还要掌握焊道厚度，其要求如图 4-38 所示，焊接时不准熔化棱边。

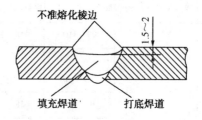

图 4-38　填充焊

（6）盖面焊

调节好盖面层的焊接参数后，从右端开始焊接，需注意以下事项。

① 保持喷嘴高度，特别注意观察熔池边缘，熔池边缘必须超过坡口上表面棱边 0.5～1.5mm，并防止咬边。

② 焊枪横向摆动幅度比焊填充层时稍大，尽量保持焊接速度均匀，使焊缝外形美观。

③ 收弧时要特别注意，一定要填满弧坑并使弧坑尽量短些，防止产生弧坑裂纹。

2. 实训项目 2（6mm Q235 板 V 形坡口对接 CO_2 焊平焊）

【操作步骤】

（1）装配及定位焊

装配间隙及定位如图 4-39 所示，板对接平焊的反变形如图 4-40 所示。

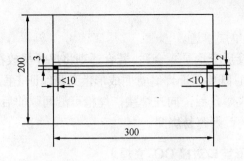

图 4-39　装配间隙与定位　　　　　　图 4-40　板对接平焊的反变形

（2）焊接工艺参数

焊接工艺参数如表 4-17 所示。

表 4-17　焊接工艺参数

焊接层次	焊丝直径（mm）	伸出长度（mm）	焊接电流（A）	电弧电压（V）	气体流量（L/min）
打底焊	0.8	10～15	70～80	17～18	8～10
盖面焊			90～95	19～20	

（3）焊接操作要点

① 焊枪角度与焊法。采用左焊法焊接，两层两道。

② 焊件位置。焊前先检查装配间隙及反变形是否合适，焊件放在水平位置，间隙小的一端放在右侧。

③ 打底焊。要求同 12mm 板 V 形坡口对接平焊。因为只有两层，焊打底焊道时，除注意反变形外，还要掌握正面焊道的形状和高度，需注意以下两点：焊道表面要平整，两侧熔合良好，最好焊道中部稍向下凹，以免盖面焊时两侧夹渣；不能熔化焊件表面上的坡口棱边，保证打底焊道距离焊件上表面 2mm 左右为好。

④ 盖面焊。焊接过程中，焊枪除保持原有角度和喷嘴高度外，还应加大横向摆动幅度，保证熔池两侧超过坡口上表面棱边 0.5～1.5mm，并匀速前进。

3. 实训项目 3（2mm Q235 板 I 形坡口对接 CO$_2$ 焊平焊）

【操作步骤】

（1）装配及定位焊

保证装配间隙及定位，预置反变形。

（2）焊接参数选择

焊接参数如表 4-18 所示。

表 4-18　焊接参数

焊丝直径（mm）	伸出长度（mm）	焊接电流（A）	电弧电压（V）	焊接速度（m/min）	气体流量（L/min）
0.8	10～15	60～70	17～19	4～4.5	8～10

（3）焊接操作要点

① 焊枪角度与焊法。左焊法焊接，单层单道。

② 焊件位置。焊前先检查焊件间隙及反变形是否合适，若合适则将焊件平放在水平位置。

③ 焊接。因为是单层单道焊，焊接时既要保证焊缝背面成形，又要保证正面成形。焊接时要特别小心，在焊件右端引弧，待形成熔孔后，向左焊接，焊枪可沿间隙前后摆动或小幅度横向摆动，不能长时间对准间隙中心，否则容易烧穿。

4. 实训项目 4（12mm Q235 板 V 形坡口对接 CO_2 立焊）

立焊比平焊的操作技术较难掌握，其原因是：虽然熔池的下部有焊道依托，但熔池底部是个斜面，熔融金属在重力作用下比较容易下淌，因此，很难保证焊道平整。为了防止熔融金属下淌，必须要求采用比平焊时稍小的焊接电流，焊枪的摆动频率稍快，在锯齿形间距较小的方式下进行焊接，使熔池小而薄。立焊盖面焊道时，要防止焊道两侧咬边，中间下坠。立焊时的熔孔与熔池如图 4-41 所示。

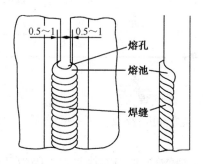

图 4-41　立焊时的熔孔与熔池

【操作步骤】

（1）装配与定位焊

装配与定位焊的要求参见图 4-42，对接立焊反变形如图 4-40 所示。

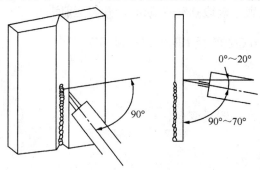

图 4-42　平板对接立焊焊枪角度

（2）焊接参数选择

焊接参数如表 4-19 所示。

（3）焊接操作要点

① 焊枪角度与焊法。采用向上立焊（由下往上焊），三层三道。

② 焊件位置。焊前先检查焊件装配间隙及反变形是否合适，把焊件垂直固定好，间隙小的一端放在下面。

表 4-19　焊接参数

焊接层次	焊丝直径（mm）	焊接电流（A）	电弧电压（V）	伸出长度（mm）	气体流量（L/min）
打底焊	1.2	90～100	18～20	15～20	12～15
填充焊	1.2	130～150	20～22	15～20	12～15
盖面焊	1.2	130～150	20～22	15～20	12～15

③ 打底焊。调节好打底焊焊接参数后，在焊件下端定位焊缝上引弧，使电弧沿焊缝中心作锯齿形横向摆动，当电弧超过定位焊缝并形成熔孔时，转入正常焊接。注意焊枪横向摆动的方式必须正确，否则焊肉下坠，成形不好看。小间距锯齿形摆动或间距稍大的上凸的月牙形摆动焊道成形较好，下凹的月牙形摆动会使焊道表面下坠，是不正确的，如图 4-43 所示。

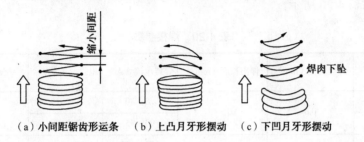

（a）小间距锯齿形运条　　（b）上凸月牙形摆动　　（c）下凹月牙形摆动

图 4-43　立焊摆动手法

焊接过程中要特别注意熔池和熔孔的变化，不能让熔池太大。若焊接过程中发生了断弧，则需将接头处打磨成斜面，打磨时要特别注意不能磨掉坡口的下边缘，以免局部间隙太大，如图 4-44 所示。

焊到焊件最上方收弧时，待电弧熄灭，熔池完全凝固以后，才能移开焊枪，以防收弧区因保护不良产生气孔。

④ 填充焊。调节好填充焊参数后，自下向上焊填充焊缝。

焊前先清除打底焊道和坡口表面的飞溅物和焊渣，并用角向磨光机将局部凸起的焊道磨平，如图 4-45 所示。

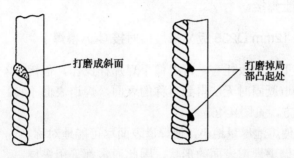

图 4-44　立焊接头处打磨　　　　图 4-45　填充焊前的修磨

焊枪横向摆幅比打底焊时稍大，电弧在坡口两侧稍停留，保证焊道两侧熔合好；填充焊道比焊件上表面低 1.5～2mm，不允许熔化坡口的棱边。

⑤ 盖面焊。调节好盖面焊参数后，按下列顺序焊盖面焊道。

清理填充焊道及坡口上的飞溅物、焊渣，打磨掉焊道上局部凸起过高部分的焊肉；在焊件下端引弧，自下向上焊接，摆动幅度较填充焊时稍大，当熔池两侧超过坡口边缘 0.5～1.5mm 时，匀速锯齿形上升；到顶端收弧，待电弧熄灭，熔池凝固后，才能移开焊枪，以免局部产生气孔。

5. 实训项目 5（6mm Q235 板 V 形坡口对接 CO_2 立焊）

【操作步骤】

（1）装配及定位焊

装配间隙及定位焊要求如图 4-39 所示，对接立焊反变形如图 4-40 所示。

（2）焊接参数选择

焊接参数如表 4-20 所示。

表 4-20　焊接参数

组别	焊接层次	焊丝直径（mm）	伸出长度（mm）	焊接电流（A）	电弧电压（V）	气体流量（L/min）
第一组	打底焊	0.8	10～15	70～80	17～18	8
	盖面焊			90～95	19～20	
第二组	打底焊	1.2	20～25	100～110	18～19	15
	盖面焊			120～130	90～20	

（3）焊接要点

① 焊枪角度与焊法。采用向上立焊（由下往上焊），两层两道，焊枪角度如图 4-42 所示。

② 焊件位置。焊前先检查焊件装配间隙及反变形是否合适，把焊件垂直固定好，间隙小的一端应放在下面。

③ 打底焊。调节好打底焊参数后，在焊件下端引燃电弧，使焊枪在焊缝中心处作锯齿形横向摆动，当电弧超过定位焊缝时产生熔孔，保持熔孔边缘比坡口边缘大 0.5～1mm 较合适。

④ 盖面焊。调节好盖面焊参数后，由下往上焊接，要求焊枪的横向摆动幅度稍大些，使熔池边缘超过坡口上表面棱边 0.5～1mm，并保持匀速向上焊接。

6. 实训项目 6（12mm Q235 板 V 形坡口对接 CO_2 横焊）

横焊因为熔池有下面的板托着，可以像平焊那样操作，但熔池是在垂直面上，焊道凝固时无法得到对称的表面，焊道表面不对称，最高点移向下方，见图 4-46。

横焊过程中必须使熔池尽量地小，使焊道表面尽可能地对称。另外，可用双道焊，调整焊道表面的形状，因此通常都采用多层多道焊。

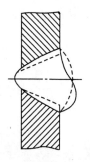

图 4-46　横焊缝表面不对称

横焊时由于焊道较多，角变形较大，而角变形的大小既与焊接参数有关，又与焊道层数及每层焊道数目、焊道间的间歇时间有关。通常熔池大，焊道间间歇时间短，层间温度高时角变形大，反之角变形小。因此初学者应根据实习过程中的操作情况，摸索角变形的规律，提前留出反变形量，以防止焊后焊件角变形超差。

【操作步骤】

（1）装配及定位焊

装配及定位焊要求如图 4-39 所示，对接横焊反变形如图 4-47 所示。

（2）焊接操作要点

① 焊枪角度与焊法。采用左焊法焊接，三层六道，按 1～6 顺序焊接，焊道分布如图 4-48 所示。

② 焊件位置。焊前先检查焊件装配间隙及反变形是否合适，将焊件垂直固定好，焊缝处于水平位置，间隙小的一端放在右侧。

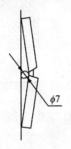

图 4-47　对接横焊反变形　　　　　图 4-48　焊道分布

③ 打底焊。调节好打底焊的焊接参数后，按图 4-49 所示要求保持焊枪角度，从右向左焊接打底焊道。

在焊件右端定位焊缝上引弧，以锯齿形小幅度摆动，自右向左焊接，当预焊点左侧形成熔孔后，保持熔孔边缘超过坡口下棱边 0.5～1mm 较合适，如图 4-50 所示。焊接过程中要仔细观察熔池和熔孔，根据间隙调整焊接速度及焊枪摆动幅度，尽可能地维持熔孔直径不变，焊至左端收弧。

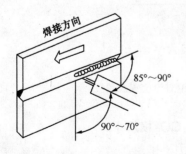

图 4-49　横焊打底焊焊枪的角度　　　　　图 4-50　横焊熔孔与焊道

如果打底焊过程中电弧中断，应按下述步骤接头。

将接头处焊道打磨成斜面，如图 4-51 所示。

在打磨处的焊道最高处引弧，并作锯齿形小幅度摆动，当接头区前端形成熔孔后，继续焊完打底焊道。

焊完打底焊道后除净飞溅物及打底焊道表面的焊渣，然后用角向磨光机将局部凸起的焊道磨平。

④ 填充焊。调节好填充焊的焊接参数后，要求调整焊枪的俯、仰角及电弧瞄准方向，焊接填充焊道 2～3，如图 4-52 所示。

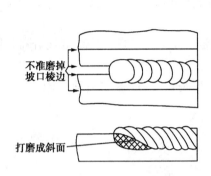

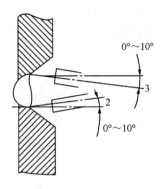

图 4-51　接头处焊道打磨要求　　　　图 4-52　横焊填充焊道焊枪对中位置及角度

焊填充焊道 2 时，焊枪成 0°～10° 俯角，电弧以打底焊道的下边缘为中心作横向摆动，保证下坡口熔合好。

焊填充焊道 3 时，焊枪成 0°～10° 仰角，电弧以打底焊道的上边缘为中心，在焊道 2 和坡口上表面间摆动，保证熔合好。

除净填充焊道表面的焊渣和飞溅物，并用角向磨光机打磨局部凸起处。

⑤ 横焊盖面焊。调节好盖面焊参数后，按图 4-53 所示要求焊接盖面焊道。

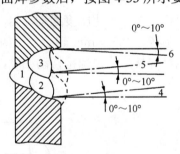

图 4-53　横焊盖面焊道焊枪对中位置及角度

7. 实训项目 7（6mm Q235 板 V 形坡口对接 CO_2 横焊）

【操作步骤】

（1）装配及定位焊

焊件装配间隙及定位焊要求如图 4-39 所示，反变形如图 4-54 所示。

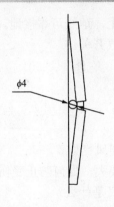

图 4-54　反变形

（2）焊接参数选择

焊接参数如表 4-21 所示。

表 4-21　焊接参数

焊接层次	焊丝直径（mm）	焊丝伸出长度（mm）	焊接电流（A）	电弧电压（V）	气体流量（L/min）
打底焊	1.2	15～20	90～120	19～20	15
盖面焊	1.2	20～25	120～140	20～22	

（3）焊接操作要点

① 焊枪角度与焊法。打底焊采用左焊法，盖面焊可用左焊法或右焊法，二层三道，如图 4-55 所示。

② 焊件位置。焊前先检查焊件装配间隙及反变形是否合适，将焊件垂直固定好，焊缝置于水平位置，间隙小的一端应放在右侧。

③ 打底焊。调节好打底焊的焊接参数后，在右端预焊点上引弧，电弧在坡口中间摆动，并向左移动。当电弧移至定位焊缝左侧形成熔孔后，继续向左焊接，焊枪角度如图 4-49 所示。焊完打底焊道后，应将飞溅物、焊渣清除干净，然后用角向磨光机将局部凸起处磨平。

④ 盖面焊。盖面焊焊枪角度如图 4-53 所示。因为焊缝只有两层，因此操作时除了保持焊枪角度和对中位置外，还要保持焊道的宽度均匀，两侧熔池应超过焊件坡口棱边 0.5～1.5mm。

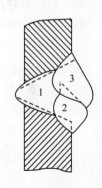

图 4-55　焊道分布

8．实训项目 8（NBC 系列 CO_2 焊机安装）

【操作步骤】

① 用焊接电缆连接焊机接线端子（−）与被焊工件。

② 送丝机焊接电缆连接焊机接线端子（+）。

③ 送丝控制电缆连接焊机的控制插座。

④ 送丝机气管连接气体调节器。

⑤ 气体调节器的加热电缆接至焊机后面板加热电源输出插座。

⑥ 将输入三相电缆接在配电板上，地线可靠接地。

⑦ 合上焊机后面板上的自动空气开关。

 思考题 4

1. CO_2 焊为何要保证工作环境通风良好？

2. CO_2 焊的飞溅比焊条电弧焊要大，如何防止受伤？

3. NBC-500 CO_2 焊机牌号的意义是什么？

4. CO_2 焊的主要工艺参数有哪些？是什么关系？

5. CO_2 焊平焊操作要点是什么？

6. CO_2 焊立焊操作要点是什么？

7. CO_2 焊机常见故障有哪些？产生原因是什么？如何排除？

8. TIG 焊通常采用的电极是什么电极？

9. 如何消除直流氩弧焊机电弧的磁偏吹？

10. NZM2-300 型焊枪牌号的意义是什么？

11. 氩弧焊的主要工艺参数有哪些？是什么关系？

12. TIG 平焊操作要点是什么？

13. TIG 立焊操作要点是什么？

14. TIG 焊机常见故障有哪些？产生原因是什么？如何排除？

第5章 电 阻 焊

本章主要介绍电阻点焊、缝焊、对焊的工艺知识及操作。针对电阻焊最常用的低碳钢板、不锈钢板等金属材料，设计了不同的实训项目，供选择训练时参考。

学习目标

● 了解点焊机的构造和点焊工艺参数的选择，掌握点焊操作技能。
● 能够较熟练使用点焊机焊接低碳钢板并掌握点焊（电阻焊）工艺规程。
● 了解对焊的特点及基本操作要点。

5.1 点焊

5.1.1 点焊工艺基础知识

1. 焊接特点

电阻点焊（Resistance Spot Welding），简称点焊。点焊机采用双面双点过流焊接的原理，工作时两个电极加压工件使两层金属在两电极的压力下形成一定的接触电阻，而焊接电流从一电极流经另一电极时在两接触电阻点形成瞬间的热熔接，且焊接电流瞬间从另一电极沿两工件流至此电极形成回路，不伤及被焊工件的内部结构。它适用于制造可以采用搭接，接头不要求气密，厚度小于 3mm 的冲压、轧制的薄板构件。当然，它也可焊接厚度达 6mm 或更厚的金属构件，但这时其综合技术经济指标将不如某些熔焊方法。

（1）电阻焊的优点

① 因是内部热源，热量集中，加热时间短，在焊点形成过程中始终被塑性环包围，故电阻焊冶金过程简单，热影响区小，变形小，易于获得质量较好的焊接接头。

② 电阻焊焊接速度快，特别对点焊来说，甚至 1 s 可焊接 4～5 个焊点，故生产率高。

③ 除消耗电能外，电阻焊不同于电弧焊、气焊等方法，可节省材料，不需消耗焊条、氧气、乙炔、焊剂等，因此成本较低。

④ 与铆接结构相比，质量轻，结构简化，易于得到形状复杂的零件。减轻结构质量不但节省金属，还能改进结构承载能力，减少动力消耗，提高运行速度。

⑤ 操作简便，易于实现机械化、自动化。

⑥ 改善劳动条件，电阻焊所产生的烟尘、有害气体少。

⑦ 表面质量好，易于保证气密。采用点焊或缝焊装配，可获得较好的表面质量，避免金属表面的损伤。

（2）电阻焊的不足之处

① 由于焊接在短时间内完成，需要用大电流及高电极压力，因此焊机容量要大，其价格比一般弧焊机贵数倍至数十倍。

② 电阻焊机大多工作固定，不如焊条电弧焊等灵活、方便。

③ 焊件的尺寸、形状、厚度受到设备的限制。

④ 目前尚缺少简单而又可靠的无损检验方法。

2．设备选择

（1）电阻点焊机分类

根据电源性质等不同方式，点焊机可分为不同的类别。具体分类见表5-1。

表 5-1　点焊机分类

序号	分　类　方　式	点焊机分类
1	按电源性质	工频点焊机、脉冲点焊机、变频点焊机等
2	按加压机构的传动装置	脚踏式、电动凸轮式、气压传动式、液压传动式、气压-液压传动式等点焊机
3	按电极的运动形式	垂直行程和圆弧引程点焊机等
4	按焊点数目	点式和多点式等点焊机
5	按安装方式	固定式、移动式或悬挂式等点焊机

（2）固定式点焊机的组成

固定式点焊机是点焊机中最常用的机型。其一般结构如图5-1所示。它由机座、加压机构、焊接回路、电极、传动机构和控制箱等组成。其中，主要部分是加压机构、焊接回路和控制装置。

① 加压机构。电阻焊在焊接中需要对工件进行加压，所以加压机构是点焊机中的重要组成部分。为了保证焊接质量，加压机构应力求满足下列要求。

● 加压机构刚性要好。

● 加压、消压动作灵话、轻便、迅速。

● 加压机构应有良好的工艺性。

② 焊接回路。焊接回路是指除焊件之

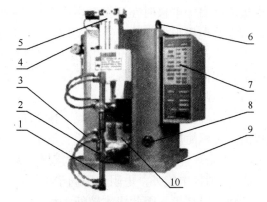

1—电极；2—电极夹；3—电极冷却水管；4—压力表；

5—加压机构；6—吊耳；7—控制箱；8—点动开关接线口；

9—机座；10—铜排

图 5-1　点焊机结构示意图

外参与焊接电流导通的全部零件所组成的导电通路。它由变压器、电极夹、电极、机臂、导电盖板、母线和导电铜排等组成。

③ 控制装置。控制装置由开关和同步控制两部分组成。在点焊中开关的作用是控制电流的通/断。同步控制的作用是调节焊接电流的大小，精确控制焊接程序，且当网路电压有波动时可以自动补偿。

（3）电阻点焊机的选择

选择点焊机通常注意以下几个方面的问题。

① 功率。点焊机的功率直接关系到被焊金属的最大厚度，同时还关系到是否需要增容及重新布局设备。

点焊机的功率一般较大，尤其是厚度大于 1mm 的多点点焊机。例如，厚度为 2mm 的低碳钢板点焊，其单点焊接电流为 13 300A，若同时焊接 5 个点，其焊接总电流为 66 500A。这样就必须考虑变压器容量是否够用，而且这种焊机工作时，会引起电网偏载，使其他电动机类负载，如机床等，不能正常工作，这样就需要考虑设备的重新布局。

② 加压机构。因各种产品要求不同，点焊机上有多种形式的加压机构。小型薄零件多用弹簧、杠杆式加压机构；无气源车间，则用电动机、凸轮加压机构；而更多的是采用气压式和气、液压式加压机构。

③ 工艺性及经济性兼顾。选择点焊机首先要满足生产、实验的工艺性要求，同时满足经济性的要求。

④ 新技术、新工艺可行性。考虑选购的设备对点焊新工艺、新技术是否支持，开发新工艺、新技术的空间大小。

⑤ 操作难度。员工是否需要培训，培训周期及内容能否承受。

⑥ 维修及保养。新设备应具有维修及保养方便，难度小，费用低的特点。主要是易损件供应充足，价格合理，拆装保养方便、快捷。

⑦ 占地面积。点焊机的占地面积应尽量小，使工件和其他设备具有较大的工作空间。

3．焊接规范的选择

（1）点焊方法

根据点焊时电极向焊接区的馈电方式，分为双面点焊和单面点焊。同时，又根据在同一个点焊焊接循环中所能形成的焊点数，将其进一步细分，如图 5-2、图 5-3 所示。

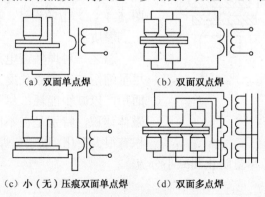

(a) 双面单点焊　　　　　(b) 双面双点焊

(c) 小（无）压痕双面单点焊　　(d) 双面多点焊

图 5-2　不同形式的双面点焊

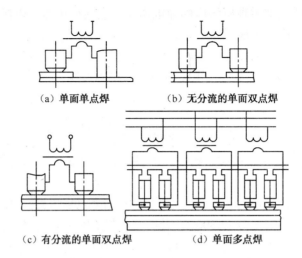

（a）单面单点焊　　　（b）无分流的单面双点焊

（c）有分流的单面双点焊　　　（d）单面多点焊

图 5-3　不同形式的单面点焊

双面点焊应用最广。图 5-2（a）所示是最常用的方式；图 5-2（c）所示方式常用于装饰性面板点焊，装饰面因处于大面积的导电板电极一侧，会得到浅压痕或无压痕的焊点；图 5-2（d）所示方式因采用多个变压器单独双面馈电，仅用于下电极无法抵达构件背面或里面的场合。

图 5-3 所示为不同形式的单面点焊。其中，图 5-3（a）所示方式常用于零件较大、二次回路过长情况；图 5-3（b）所示方式因无分流产生而优于图 5-3（c）所示方式，为降低分流可在工件下面敷设铜垫板，以提供低电阻通路；图 5-3（d）所示方式各对电极均由单独变压器供电，可同时通电，具有焊接质量高，生产率高，变形小和三相负载平衡等优点，在汽车组件生产中常可遇到。

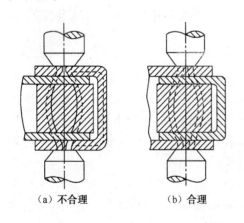

有时因焊件的结构形式和所拥有的点焊设备限制，也会采用一些特殊的点焊形式，例如利用铜芯棒点焊，如图 5-4 所示。

加入铜芯棒可增强构件点焊部位刚度，使点焊能正常进行，同时铜芯棒又提供了低电阻通路，降低了分流。其中，图 5-4（b）中接头设计优于图 5-4（a）中的设计，因为分流减到最小，保证了点焊质量。

（a）不合理　　　（b）合理

图 5-4　利用铜芯棒点焊

总之，对焊件馈电点焊时应遵循以下原则：尽量缩短二次回路长度及减小回路所包围的空间面积，以减少能耗；尽量减小伸入二次回路的铁磁体体积，特别是在不同位置焊点焊接时伸入体积有很大变化，以避免焊接电流产生较大波动（尤其使用工频交流焊机）；尽量防止和减小分流。

（2）点焊接头设计

点焊通常采用搭接接头或折边接头，如图 5-5 所示。接头可以由两个或两个以上等厚度或不等厚度、相同材料或不相同材料的零件组成，焊点数量可为单点或多点。在电极可达性良好的条件下，接头主要尺寸设计可参见图5-6。主要是确定接头的最小搭接量和焊点的最小点距。

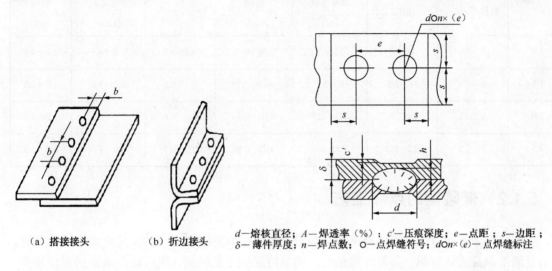

（a）搭接接头　　　　（b）折边接头

d—熔核直径；A—焊透率（%）；c'—压痕深度；e—点距；s—边距；
δ—薄件厚度；n—焊点数；$\bigcirc$—点焊缝符号；$d\bigcirc n\times(e)$—点焊缝标注

图 5-5　点焊接头形式　　　　　　图 5-6　点焊接头尺寸参数

（3）点焊工艺参数

点焊的各焊接参数是相互制约的。

当电极材料、端面形状和尺寸选定以后，焊接参数的选择主要是考虑焊接电流、焊接时间及电极压力，这是形成点焊接头的三大要素，其相互配合可有两种方式。

当采用大焊接电流、短焊接时间参数时，称硬规范；而采用小焊接电流、适当长焊接时间参数时，称软规范。

① 软规范的特点是加热平稳，焊接质量对焊接参数波动的敏感性低，焊点强度稳定；温度场分布平缓，塑性区宽，在压力作用下易变形，可减小熔核内喷溅、缩孔和裂纹倾向；对有淬硬倾向的材料，软规范可减小接头冷裂纹倾向；所用设备装机容量小，控制精度不高，因而较便宜。但是，软规范易造成焊点压痕深，接头变形大，表面质量差，电极磨损快，生产效率低，能量损耗较大。

② 硬规范的特点与软规范基本相反，在一般情况下，硬规范适用于铝合金、奥氏体不锈钢、低碳钢及不等厚度板材的焊接；而软规范较适用于低合金钢、可淬硬钢、耐热合金、钛合金等。

③ 应该注意，调节各参数使之配合成不同的硬、软规范时，必须相应改变电极压力，以适应不同加热速度及满足不同塑性变形能力的要求。硬规范时所用电极压力显著大于软规范焊接时的电极压力。

④ 焊接电流和电极压力的适当配合，这种配合是以焊接过程中不产生喷溅为主要原则。但焊接压力选择过大会造成固相焊接（塑性环）范围过宽，导致焊接质量不稳定和不能安全生产。

点焊工艺参数选择可参考表5-2。

表5-2　点焊工艺参数

板厚（mm）	电极工作面直径（mm）	电极压力（kN）	焊接脉冲		间隔时间（s）	回火脉冲	
			焊接电流（kA）	时间（s）		回火电流（kA）	时间（s）
1.0	5～5.5	1～1.8	5～6.5	0.44～0.64	0.5～0.6	2.5～4.5	1.2～1.4
1.5	6～6.5	18～2.5	6～7.2	0.48～0.70	0.5～0.6	3.0～5.0	1.2～1.6
2.0	6.5～7	2～2.8	6.5～8.0	0.50～0.74	0.5～0.6	3.5～6.0	1.2～1.7
2.5	7～7.5	22～3.2	7.0～9.0	0.60～0.80	0.5～0.7	4.0～7.0	1.3～1.8

5.1.2　低碳钢的点焊工艺

含碳量小于等于0.25%的低碳钢和碳当量小于等于0.3%的低合金钢，其点焊焊接性良好，采用普通工频交流点焊机、简单焊接循环，无须特别的工艺措施，即可获得满意的焊接质量。

1. 操作注意事项

① 注意焊前清理的标准要与工艺参数实验时的工件清理一致，焊前冷轧板表面可不必清理，热轧板应去掉氧化皮。

② 根据工件结构选择加压机构，不同结构工件的加压机构示意图如图5-7所示。

③ 建议采用硬规范点焊。

④ 焊厚板$\delta<3mm$时，建议选用带锻压力的压力曲线，带预热电流脉冲或断续通电的多脉冲点焊方式，选用三相低频焊机焊接。

⑤ 当焊件尺寸大时，应考虑分段调整焊接参数，以弥补因焊件伸入焊接回路过多而引起的焊接电流减弱问题。

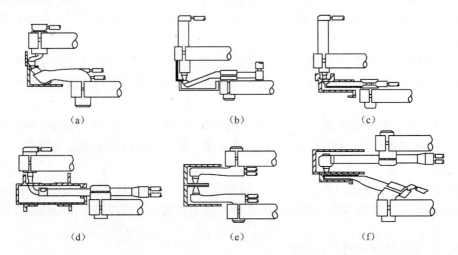

（a）　　　　　　　　（b）　　　　　　　　（c）

（d）　　　　　　　　（e）　　　　　　　　（f）

图5-7　不同结构工件的加压机构示意图

2. 点焊机安全操作规程

① 工作前必须清除油渍和污物，否则将严重降低电极的使用期限，影响焊接质量。

② 焊机通电后应检查电气设备、操作机构、冷却系统、气路系统及机体外壳有无漏电。

③ 焊机启动前，首先接通控制线路的转换开关和焊接电流的小开关，安插好级数调节开关的闸刀位置，接通水源、气源、控制箱上各调节按钮，最后接通电源，即可进行工作。

④ 电极触头应保持光洁，必要时可用细锉刀或砂布修光。

⑤ 焊机的轴承铰链和汽缸的活塞、衬环等应定期润滑。

⑥ 焊机工作时，气路系统、水冷却系统应畅通。气体必须保持干燥，不应含有水分。排水温度不应超过 40℃，排水流量可根据季节调节（冬季小些，夏季大些）。

⑦ 焊机在气温 0℃ 以下停止工作时，必须用压缩空气吹除冷却系统的存水，以防管路冻裂或堵塞。

⑧ 上电极的工作行程通过调节汽缸体下面的两个螺母来实现，调节完毕，必须拧紧。

⑨ 电极压力可以根据焊接规范的要求，通过旋转减压阀手柄来调节。

⑩ 避免引燃管和硒整流器毁坏，严禁在引燃电路中加大熔断器。

⑪ 当负载过分小而使引燃管内电弧不能发生时，严禁闭合控制箱的引燃电路，因为此时引燃电路不能被电弧分路，而使引燃电路在闭合期间有较大电流通过容易损坏引燃管及硒整流器。

⑫ 控制箱的电路装置较复杂，使用时应注意保护电路设施不受触碰而损坏。冬季气温低时，闸流管、引燃管不易引燃。室内温度不应低于 15℃。

⑬ 焊机停止工作后，必须清除杂物和焊渣溅末。

⑭ 焊机停止工作，应先切断电源、气源，最后关闭水源。

⑮ 焊机长期停用，必须在不涂漆的活动部位涂上防锈油脂，以免零件生锈。

⑯ 控制箱如长期停用，为预防潮气侵入，每月应通电加热 30min；如更换闸流管，亦应预热 30min。正常工作时控制箱的预热不少于 5min，否则容易产生逆弧或失控现象。

3. 低碳钢板的点焊焊接参数

低碳钢板的点焊焊接参数见表 5-3。

表 5-3　低碳钢板的点焊焊接参数

板厚（mm）	电极工作面直径（mm）	硬　规　范			软　规　范		
		焊接电流（kA）	焊接时间（s）	电极压力（kN）	焊接电流（kA）	焊接时间（s）	电极压力（kN）
0.5	4.8	6 000	0.10	1 350	5 000	0.18	900
0.8	4.8	7 800	0.14	1 900	6 500	0.26	1 250
1.0	6.4	8 800	0.16	2 250	7 200	0.34	1 500
1.2	6.4	9 800	0.20	2 700	7 700	0.38	1 750
1.6	6.4	11 500	0.26	3 600	9 100	0.50	2 400
2.0	8.0	13 300	0.34	4 700	10 300	0.60	3 000
2.3	8.0	15 000	0.40	5 800	11 300	0.74	3 700
3.2	9.5	17 400	0.54	8 200	12 900	1.00	5 000

5.1.3　设备操作实施步骤

1．脚踏板角度的调整

先用扳手将脚踏拉杆锁紧螺钉拧松，然后调整手柄螺母使脚踏板倾斜，与水平面成约15°角，脚踏板上下活动自由，最后锁紧螺钉。脚踏板角度在出厂之前都已调整好，一般无须更改。

2．上电极的调整

先用扳手拧松 M6 螺钉，然后调整（或更换）电极，锁紧螺钉。

3．下电极的调整

首先用扳手将下电极的螺钉拧松，调整至适宜位置，使需焊接的金属片与上电极端面的距离约为 4mm，锁紧螺钉。

4．焊接压力的调整

用手拧机箱上端的调节旋钮，按顺时针方向旋转则压力增大，反之则减小，根据焊接需求调整适当的压力。

5．检验

检查有无积炭，若有，则需用锉刀或砂纸清除掉；然后用右脚踩脚踏板并向下压，机头下降，目视电极与所需焊接的位置是否对准，否则需重复第2、3步，直到电极与所需焊的位置对准为止。

6．接通电源

先将插头插到 380V（220V）、50Hz 电源插座上，然后打开电源开关。

7．试焊

用脚踩脚踏板，机头下降，当电极压到焊件后继续用力向前蹲，光电开关成闭合状态，即放电焊接。

根据焊接需要调整焊接电流和电极压力直到焊接最佳，其焊接电流与焊接压力成正比。为了保证良好的焊接质量，必须勤于修整电极，用小锉刀将电极尖端锉平整光滑。

5.1.4　一般故障排除

点焊一般故障现象、产生原因及排除方法见表 5-4。

表 5-4　点焊一般故障现象、产生原因及排除方法

序号	故 障 现 象	产 生 原 因	排 除 方 法
1	开机无电源指示	保险管烧毁	更换相同规格保险管
		输入电源故障	检修电源线路
2	开机无电源指示,但开关自身指示灯亮	控制板未插好	将控制板按正确方向插好
3	有电源指示,无焊接火花	焊接电流参数调得过小	增大焊接电流值
		电极下端面与连接片距离过大	调整连接片与电极下端面距离为 3～4mm 左右
		光电开关的连线断开	连接好此线
		光电开关损坏	更换光电开关
4	焊接时容易打火	电极压力偏小	增加焊接压力
		电极下端面粘有异物	用小锉刀将电极下端面锉平整光滑
		焊接材料不对	选择合适的焊接材料

5.1.5　知识拓展

1. 可淬硬钢的点焊

可淬硬钢如 45、30CrMnSiA、1Cr13、65Mn 等,其点焊焊接性差,点焊接头极易产生缩松、缩孔、脆性组织、过烧组织和裂纹等缺陷。

缩松与缩孔缺陷均产生于熔核凝固过程的后期,分布在贴合面附近,使点焊接头力学性能变坏,尤其引发裂纹后会显著降低焊点持久强度极限。

脆性组织马氏体产生在熔核凝固后的接头继续冷却过程中,当随机回火热处理不适当时,在接头高应力区的板缝附近仍可存在并引发冷裂纹。

由于点焊接头的搭接结构特点和当前点焊质量控制技术水平所限,高应力区(残留)淬硬很难完全避免。

过烧组织产生在熔核与工件表面之间,是多脉冲回火热处理点焊工艺必须重视的一种缺陷,它不仅使接头抗疲劳性能显著降低,而且使接头的耐蚀性下降。

熔核内裂纹严重时可贯穿贴合面而与板缝相通,它与热影响区产生的冷裂纹一样均是最危险的缺陷,但由于它往往是由缩松或缩孔所引发的,因而较易解决。

2. 铝合金的点焊

铝合金分为冷作强化型 3A21(LF21)、5A02(LF2)、6A06(LF6)等和热处理强化型 2A12-T4(LY12CZ)、7A04-T6(LC4CS)等。铝合金的焊接性均较差。

3. 不锈钢的点焊

按钢的组织可将不锈钢分为奥氏体型、铁素体型、奥氏体—铁素体型、马氏体型和沉淀硬化型等。其中马氏体不锈钢由于可淬硬，有磁性，其点焊焊接性与前述可淬硬钢相近，考虑到该型钢具有较大的晶粒长大倾向，焊接时间参数一般应选择小些。

4. 点焊机器人

用于点焊作业的产业机器人由机器人本体、计算机控制系统、示教盒和点焊焊接系统几部分组成。点焊机器人一般具有六个自由度：腰转、大臂转、小臂转、腕转、腕摆及腕捻。点焊机器人的驱动方式有液压驱动和电气驱动两种。点焊焊接系统包括点焊焊机和点焊焊钳两部分。点焊机器人按照示教程序规定的动作、顺序和参数进行点焊作业，其过程是完全自动化的。点焊机器人具有报警系统，如果出现某种故障，点焊机器人的计算机系统便发出警报，自动停机，并显示错误或故障的种类。

图 5-8 点焊机器人

点焊机器人具有与外部设备通信的接口，它可以通过这一接口接受上一级主控与管理计算机的控制命令进行工作。点焊机器人如图 5-8 所示。

5.2 对焊

5.2.1 工艺知识

1. 焊接特点

电阻对焊是将焊件装配成对接接头，使其端面紧密接触，利用电阻热加热至热塑性状态后迅速施加顶锻压力完成焊接的方法。对焊分为电阻对焊和闪光对焊。电阻对焊的优点是焊接接头的外观比较光滑，没有毛刺，一般焊接直径不大于 20mm 的低碳材料。其典型产品有钻头、钢筋、钢轨、链条等。

2. 应用范围

① 工件的接长。例如带钢、型材、线材、钢筋、钢轨、锅炉钢管、石油和天然气输送等管道的对焊，见图 5-9。

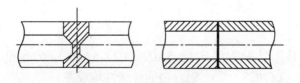

图 5-9 型材及钢管的对焊

② 环形工件的对焊。例如汽车轮辋和自行车、摩托车轮圈的对焊，各种链环的对焊等。

③ 部件的组焊。将简单轧制、锻造、冲压或机加工件对焊成复杂的零件，以降低成本。例如汽车方向轴外壳和后桥壳体的对焊，各种连杆、拉杆的对焊，以及特殊零件的对焊等。

④ 异种金属的对焊。这样可以节约贵重金属，提高产品性能。例如刀具的工作部分（高速钢）与尾部（中碳钢）的对焊，内燃机排气阀的头部（耐热钢）与尾部（结构钢）的对焊，铝铜导电接头的对焊等。

3. 对焊工艺

闪光对焊的工艺过程分为夹紧、闪光、顶锻、保持、休止五个阶段。整个焊接过程的控制自动完成，广泛用于碳钢、合金钢、有色金属的管、棒、板、型材之间的对焊或异类金属之间的对焊。对焊示意图如图 5-10 所示。

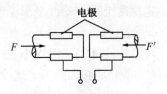

通过对各阶段工艺参数的设定，使焊接的产品强度高，致密性好，无虚焊，无夹渣，牢固美观。

图 5-10　对焊示意图

低碳钢对焊工艺参数可参考表 5-5。

表 5-5　低碳钢对焊工艺参数

截面积 （mm²）	伸出长度 （mm）	电流密度 （A/mm²）	焊接时间 （s）	顶锻量（mm）		顶锻压力 （MPa）
				有电	无电	
25	12	200	0.6	0.5	0.9	10～20
50	16	160	0.8	0.5	0.9	
100	20	140	1.0	0.5	1.0	

5.2.2　对焊操作

① 熟知所用机械的技术性能和主要部件的位置及应用。

② 认真进行焊前准备，包括焊件端面处理，焊前预热。

③ 工艺参数选择及设置。

④ 安全焊接。

⑤ 焊后整理。

5.2.3　知识拓展

1. 闪光对焊工艺参数

闪光对焊的主要工艺参数有：伸出长度、闪光电流、闪光留量、闪光速度、顶锻留量、顶锻速度、顶锻压力、顶锻电流、夹钳夹持力等。

2. 各工艺参数对焊接质量的影响及选用原则

① 伸出长度和电阻对焊一样，它影响沿工件轴向的温度分布和接头的塑性变形。此外，随着伸出长度的增加，使焊接回路的阻抗增大，需用功率也要增大。一般情况下，棒材和厚壁管材伸出长度为 $(0.7\sim1.0)d$，d 为圆棒料的直径或方棒料的边长。对于薄板（$\delta=1\sim4\text{mm}$），为了顶锻时不失稳，伸出长度一般取 $(4\sim5)\delta$。

② 不同金属对焊时，为了使两工件上的温度分布一致，通常是导电性和导热性差的金属伸出长度应较小。

③ 选择闪光留量 δ_f 时，应满足在闪光结束时整个工件端面有一层熔化金属层，同时在一定深度上达到塑性变形温度。如果 δ_f 过小，则不能满足上述要求，会影响焊接质量。δ_f 过大，又会浪费金属材料，降低生产率。在选择 δ_f 时还应考虑是否有预热，因为预热闪光对焊的 δ_f 可以比连续闪光对焊小 $30\%\sim50\%$。

④ 足够大的闪光速度 v_f 才能保证闪光的强烈和稳定，但 v_f 过大会使加热区过窄，增加塑性变形的困难。同时，由于需要的焊接电流增加，会增大过梁爆破后的火口深度，因此将会降低接头质量。选择 v_f 时还应考虑下列因素。

- 顶锻前有强烈闪光 v_f 应较大，以保证在端面上获得均匀的金属层。
- 被焊材料含有易氧化元素多的或导电导热性好的材料，v_f 应较大。例如，焊奥氏体不锈钢和铝合金时，v_f 要比焊低碳钢时大。
- 有预热时，容易激发闪光，因而可提高 v_f。

⑤ 顶锻留量过小时，液态金属残留在接口中，易形成疏松、缩孔、裂纹等缺陷；过大时，也会因晶纹弯曲严重，降低接头的冲击韧度。应根据工件断面积选取，随着断面积的增大而增大。顶锻时，为防止接口氧化，在端面接口闭合前不马上切断电流，因此顶锻留量应包括两部分——有电流顶锻留量和无电流顶锻留量，前者为后者的 $0.5\sim1$ 倍。

⑥ 最小的顶锻速度取决于金属的性能。焊接奥氏体钢的最小顶锻速度约为焊接珠光体钢的两倍。导热性好的金属（如铝合金）焊接时需要很大的顶锻速度（$150\sim200\text{mm/s}$）。对于同一种金属，接口区温度梯度大的，由于接头的冷却速度快，也需要提高顶锻速度。

⑦ 顶锻压力 F_u 通常以单位面积的压力，即顶锻压强来表示。顶锻压强的大小应保证能挤出接口内的液态金属，并在接头处产生一定的塑性变形。顶锻压强过大，则变形不足，接头强度下降；顶锻压强过小，则变形量过大，晶纹弯曲严重，又会降低接头冲击韧度。

顶锻压强的大小取决于金属性能、温度分布特点、顶锻留量和速度、工件端面形状等因素。高温强度大的金属要求大的顶锻压强。增大温度梯度就要提高顶锻压强。由于高的闪光速度会导致温度梯度增大，因此焊接导热性好的金属（铜、铝合金）时，需要大的顶锻压强（$150\sim400\text{MPa}$）。

⑧ 预热温度根据工件断面和材料性能选择。焊接低碳钢时，一般不超过 $700\sim900℃$。随着工件断面积的增大，预热温度应相应提高。预热时间与焊机功率、工件断面大小及金属的性能有关，可在较大范围内变化。预热时间取决于所需预热温度。预热过程中，预热造成的缩短量很小，不作为工艺参数来规定。

⑨ 夹钳的夹持力 F_c 的值应保证工件在预锻时不打滑，F_c 与顶锻压力 F_u 和工件与夹钳间的摩擦系数 f 有关，它们的关系是 $F_c \geqslant F_u/2f$。通常 $F_c=(1.5\sim4.0)F_u$，断面紧凑的低碳钢取

下限,冷轧不锈钢板取上限;当夹具上带有一定的顶撑装置时,夹紧力可以大大降低,$F_c=0.5F_u$。

5.3　实训项目

1. 实训项目 1（1mm 厚低碳钢 Q235 试件的点焊）

【操作步骤】
① 准备试件。
② 检查、启动设备。
③ 焊接。

2. 实训项目 2（点焊焊接时容易打火的故障排除）

【操作步骤】
① 关断电源开关。
② 增加焊接压力。
③ 用小锉刀将电极下端面锉平整光滑。
④ 选择合适的焊接材料。
⑤ 试焊。

3. 实训项目 3（ϕ25 钢筋对焊）

【操作步骤】
① 熟知所用机械的技术性能（如变压器级数、最大焊接截面、焊接次数、最大顶锻压力、最大送料行程）和主要部件的位置及应用。
② 根据机械性能和焊接物选择焊接参数。
③ 清除钢筋端头 120mm 内的铁锈、油污和灰尘。如端头弯曲,则应整直或切除。
④ 焊机应安装在室内并应可靠地接地或接零。多台对焊机安装在一起时,机间距离至少要在 3m 以上,并分别接在不同的电源上。每台均应有各自的控制开关。开关箱至机身的导线应加保护套管。导线的截面面积应不小于规定的截面面积。
⑤ 操作前应对焊机各部件进行检查。
● 压力杠杆等机械部分是否灵活;
● 各种夹具是否牢固;
● 供电、供水是否正常。
⑥ 操作场所附近的易燃物应清除干净,并备有消防设备。操作人员必须戴防护镜和手套,站立的地面应垫木板或其他绝缘材料。
⑦ 操作人员必须正确地调整和使用焊接电流,使与所焊接的钢筋截面面积相适应。严禁焊接超过规定直径的钢筋。
⑧ 断路器的接触点应经常用砂纸擦拭,电极应定期锉光。二次电路的全部螺钉应定期拧紧,以免发生过热现象。

⑨ 冷却水温度不得超过 40℃，排水量应符合规定要求。

⑩ 较长钢筋对焊时应放在支架上。随机配合搬运钢筋的人员应注意防止火花烫伤。搬运时，应注意焊接处烫手。

⑪ 焊完的半成品应堆码整齐。

⑫ 闪光区内应设挡板，焊接时禁止其他人员入内。

⑬ 冬季焊接工作完毕后，应将焊机内的冷却水放净，以免冻坏冷却系统。

 **思考题 5**

1. 点焊的特点是什么？

2. 点焊接头为什么不超过三排？

3. 点焊设备由哪几部分组成？

4. 点焊操作应注意哪些问题？

5. 有电源指示，无焊接火花是由什么原因引起的？如何解决？

6. 钢筋对焊前的准备工作有哪些？为什么？

7. 断路器的接触点为何要经常用砂纸擦拭？

8. 闪光区内不设挡板，焊接时不禁止其他人员入内，你认为可以吗？

9. 操作场所附近有许多擦机床的抹布，但有灭火器，可以施焊吗？

第6章 钎 焊

本章主要介绍钎焊的一些基本概念，并以低碳钢及其他材料的钎焊工艺为主，介绍钎焊材料及感应钎焊、炉中钎焊、钎焊操作等内容。这些都是钎焊最基本的概念和方法，是掌握钎焊这种技能的基础。

学习目标

- 了解钎焊的基本工艺内容，掌握钎焊的基本概念。
- 能较熟练搭配常用钎料与钎剂，并掌握其正确的使用方法。
- 较熟练掌握火焰钎焊操作方法。

6.1 基本知识

6.1.1 工艺知识

钎焊是用比母材熔点低的金属材料作为钎料，用液态钎料润湿母材和填充工件接口间隙，并使其与母材相互扩散的焊接方法。用激光作为热源的填丝钎焊示意图如图 6-1 所示。

1. 钎焊的特点

① 钎焊以后焊件的变形小，容易保证焊件的尺寸精度，同时对于焊件母材的组织及性能的影响也比较小。

② 钎焊接头平整光滑，外形美观。

③ 钎焊工艺可适用于各种金属材料、异种材料、金属与非金属的连接，如透平机叶片、硬质合金刀具等。

④ 可以一次完成多个零件或多条钎缝的钎焊，生产率较高。

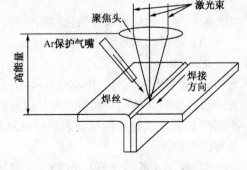

图 6-1 激光填丝钎焊示意图

⑤ 可以钎焊极薄或极细的零件，以及极粗、厚薄相差很大的零件。

⑥ 根据需要可以将某些材料的钎焊接头拆开，经过修整后可以重新钎焊。

⑦ 钎焊的缺点是钎焊接头的耐热能力比较差，接头强度比较低。钎焊前对工件必须进行

细致加工和严格清洗，除去油污和过厚的氧化膜，保证接口装配间隙在 0.01～0.1mm 之间。

2．钎焊材料

钎焊材料包括钎料和钎剂。

钎料：钎焊时用做填充金属的材料。

钎剂：钎焊时使用的熔剂。

（1）对钎料的基本要求

① 钎料熔点低于工件金属的熔点。

② 有足够的浸润性（钎料流入间隙的性能）。

③ 有与工件金属适当的溶解和扩散能力。

④ 焊接接头应具有一定的机械性能和物理、化学性能。

（2）钎料分类

根据熔点不同，钎料分为软钎料和硬钎料。

① 软钎料，即熔点低于 450℃的钎料，有锡铅基、铅基（T<150℃，一般用于钎焊铜及铜合金，耐热性好，但耐蚀性较差）、镉基（是软钎料中耐热性最好的一种，T=250℃）等合金。

软钎料主要用于焊接受力不大和工作温度较低的工件，如各种电气导线的连接及仪器、仪表元件的钎焊（主要用于电子线路的焊接）。常用的软钎料有：锡铅钎料（应用最广，具有良好的工艺性和导电性，T<100℃）、镉银钎料、铅银钎料和锌银钎料等。

软钎焊：指使用软钎料进行的钎焊，钎焊接头强度低（小于 70MPa）。

② 硬钎料，即熔点高于 450℃的钎料，有铝基、铜基、银基、镍基等合金。

硬钎料主要用于焊接受力较大，工作温度较高的工件，如自行车架、硬质合金刀具、钻探钻头等（主要用于机械零部件的焊接）。常用的硬钎料有：铜基钎料、银基钎料（应用最广的一类硬钎料，具有良好的力学性能、导电导热性、耐蚀性，广泛用于钎焊低碳钢、结构钢、不锈钢、铜以及铜合金等）、铝基钎料（主要用于钎焊铝及铝合金）和镍基钎料（主要用于航空航天部门）等。

硬钎焊：指使用硬钎料进行的钎焊，钎焊接头强度较高（大于 200MPa）。

（3）钎料的编号

① 国标。

B（表示钎料代号（Braze））+化学元素符号（表示钎料的基本组元）+数字（表示基本组元的质量分数（%））+元素符号（表示钎料的其他组元，按含量多少排序，不标含量，最多不超过 6 个），其他特性标记表示钎料的某些特性，如 V 表示真空级钎料，R 表示既可做钎料，又可做气焊丝。

例如：B（钎料代号）Ag72Cu（银基钎料，ω（Ag）=72%，并含有铜元素）-V（真空级钎料）。

② 部标。

● 冶金部部标

H1（表示钎料）+元素符号（表示钎料基础组元）+元素符号（表示钎料主要组元）+数字（表示除基础组元外的主要组元的含量）-数字（表示钎料中除基本、主要组元之外的其他组元的含量）。

例如，H1SnPb10 表示锡铅钎料，ω（Pb）=10%；H1AlCu26-4 表示铝基三元合金钎料，ω（Cu）=26%，其他合金元素为 4%。

● 机械部部标

HL（表示钎料）+数字（表示钎料的化学组成类型，1 表示铜锌合金，2 表示铜磷合金，3 表示银合金，4 表示铝合金，5 表示锌合金，6 表示锡铅合金，7 表示镍基合金）+数字+数字（表示同一类型钎料中的不同牌号）。

例如，HL605 表示第 5 号锡铅钎料。

（4）钎剂的作用

清除母材和钎料表面的氧化物及其他杂质。

以液态薄膜的形式覆盖在工件金属和钎料的表面上，隔离空气，保护钎料及焊件不被氧化。

改善液态钎料对工件金属的浸润性，增大钎料的填充能力。

（5）钎剂的分类

钎剂通常分为软钎剂、硬钎剂和铝、镁、钛用钎剂三大类。

① 软钎剂。按其成分可分为无机软钎剂和有机软钎剂两类。

按其残渣对钎焊接头的腐蚀作用，可分为腐蚀性、弱腐蚀性和无腐蚀性三类，其中无机软钎剂均属于腐蚀性钎剂；有机软钎剂属于后两类。

常用的软钎剂有磷酸水溶液（只限于 300℃ 以下使用，是钎焊含 Cr 不锈钢或锰青铜的适宜钎剂）、氯化锌水溶液和松香（只能用于 300℃ 以下，钎焊表面氧化不严重的金、银、铜等金属）等。

无机软钎剂具有很高的化学活性，去除氧化物的能力很强，能显著地促进液态钎料对母材的润湿。组分为无机酸和无机盐。一般的黑色金属和有色金属，包括不锈钢、耐热钢和镍铬合金等都可使用，但它的残渣有腐蚀性，焊后必须清除干净。

② 硬钎剂。常用的硬钎剂有硼砂、硼酸、KBF4 等。

硼酸活性温度高，均在 800℃ 以上，只能配合铜基钎料使用，去氧化物能力差，不能去除 Cr、Si、Al、Ti 等的氧化物。

KBF4 氟硼酸钾的熔点低，去氧化能力强，是熔点低于 750℃ 银基钎料的适宜钎剂。

3. 接头形式

钎焊接头承载能力与接合面大小有关。因此，钎焊接头一般采用搭接接头或套接接头，如图 6-2 所示。设计钎焊接头时，应考虑钎焊件的装配定位和钎料的安置等。装配时，装配间隙要均匀、平整和

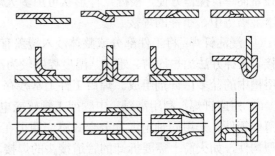

图 6-2 钎焊接头形式

适当。间隙太小，会影响钎料的渗入与润湿，达不到全部焊合；间隙太大，则浪费钎料，且会降低钎焊接头强度。一般钎焊接头间隙取为 0.05～0.2mm。不同的基材与不同的钎料配合，

不同的间隙有不同的抗剪强度。钎焊间隙与接头的抗剪强度如表 6-1 所示。

表 6-1　钎焊间隙与接头的抗剪强度

基　材	钎　料	钎焊间隙（mm）	抗剪强度（MPa）
碳钢及低合金钢	铜基钎料	0～0.05	100～240
	银基钎料	0.05～0.15	150～240
不锈钢	铜基钎料	0.03～0.20	370～500
	银基钎料	0.05～0.15	190～230
	锰基钎料	0.04～0.15	300
	镍基钎料	0～0.08	180～250
铜及铜合金	铜基钎料	0.02～0.15	170～190
	银基钎料	0.05～0.13	160～180
铝及铝合金	铝基钎料	0.10～0.30	60～100

4. 钎焊工艺方法

钎焊常用的工艺方法较多，主要是按使用的设备和工作原理区分的。如按热源区分，则有红外、电子束、激光、等离子、辉光放电钎焊等；按工作过程分，有接触反应钎焊和扩散钎焊等。接触反应钎焊利用钎料与母材反应生成液相填充接头间隙。扩散钎焊是增加保温扩散时间，使焊缝与母材充分均匀化，从而获得与母材性能相同的接头。几乎所有的加热热源都可以用做钎焊热源，并依此将钎焊分类。

① 烙铁钎焊：用于细小简单或很薄零件的软钎焊。

② 波峰钎焊：用于大批量印制电路板和电子元件的组装焊接。施焊时，250℃左右的熔融焊锡在泵的压力下通过窄缝形成波峰，工件经过波峰实现焊接。这种方法生产率高，可在流水线上实现自动化生产。

③ 火焰钎焊：用可燃气体与氧气或压缩空气混合燃烧的火焰作为热源进行焊接。火焰钎焊设备简单，操作方便，根据工件形状可用多火焰同时加热焊接。这种方法适用于自行车架、铝水壶嘴等中、小件的焊接。

④ 浸沾钎焊：将工件部分或整体浸入覆盖有钎剂的钎料浴槽或只有熔盐的盐浴槽中加热焊接。这种方法加热均匀、迅速，温度控制较为准确，适合于大批量生产和大型构件的焊接。盐浴槽中的盐多由钎剂组成。焊后工件上常残存大量的钎剂，清洗工作量大。

⑤ 感应钎焊：利用高频、中频或工频感应电流作为热源的焊接方法。高频加热适合于焊接薄壁管件。采用同轴电缆和分合式感应圈可在远离电源的现场进行钎焊，特别适用于某些大型构件，如火箭上需要拆卸的管道接头的焊接。

⑥ 炉中钎焊：将装配好钎料的工件放在炉中进行加热焊接，常需要加钎剂，也可用还原性气体或惰性气体保护，加热比较均匀。大批量生产时可采用连续式炉。

⑦ 真空钎焊：工件加热在真空室内进行，主要用于要求质量高的产品和易氧化材料的焊接。

6.1.2　钎焊技术

1. 不锈钢的钎焊

由于不锈钢含有铬、钼、钛等合金元素，所用它的表面氧化物种类也很多，其中铬及钛的氧化物化学稳定性最好。必须采用活性很强的钎剂及保护气体或真空度高的钎焊方法。

（1）钎料的选择

根据钎焊件的使用要求、钎焊接头的稳定要求等，可选用不同的软钎料及硬钎料。不锈钢真空钎焊钎料的选择见表6-2。

表6-2　不锈钢真空钎焊钎料的选择

钎料	接头破坏载荷（kN）	抗弯强度（MPa）	抗弯强度平均值（MPa）
BNi-2	3.7	384.8	395.2
	3.9	405.6	
BNi-5	5.5	572.0	598.0
	6.0	624.0	
纯铜	7.6	790.4	832.0
	8.4	873.6	

（2）钎剂的选择

由于铬会形成稳定的氧化物，因此应该采用活性很强的钎剂。软钎焊时，必须采用氯化锌盐酸溶液、氯化锌-氯化铵盐酸溶液或磷酸。硬钎焊时，在用银铜锌、银铜锌镉钎料时可采用 QJ101、QJ102；用铜基钎料钎焊时，应采用含氟化钙的 QJ200。

2. 碳素钢及低合金钢的钎焊

碳素钢表面的氧化物为 FeO/Fe_2O_3 等。低合金结构钢表面除了生成氧化铁外，还可能生成合金元素的氧化物。除了铬、铝的氧化物影响较大以外，其他氧化物都较易清除。

碳素钢、低合金钢软钎焊时，可采用各种软钎料，其中以锡铅钎料应用最为广泛。使用 HlSnPb10 锡铅钎料钎焊的低碳钢接头抗拉强度为 93MPa，抗切强度为 37MPa。当采用 HlSnPb68-2 钎料时，则分别提高到 113MPa 及 49MPa。当采用铜、铜基钎料及银基钎料进行硬钎焊时，可获得较高的接头强度。

3. 铜及铜合金的钎焊

铜及铜合金的表面氧化物主要为 Cu_2O、CuO，还有一些其他合金元素的氧化物。由于其化学稳定性较差，因此容易被还原、消除。几乎所有的钎焊方法都可采用。

（1）钎料的选择

可根据钎焊件的结构、性能及用途进行选择。软钎焊可采用锡铅基、镉基、锌基钎料，硬钎焊采用铜基、铜磷银、银基钎料。

（2）钎剂的选择

使用锡铅钎料焊铜时，钎剂可为松香酒精溶液，也可以是活性松香和 $ZnCl_2+NH_4Cl$ 水溶液。使用镉基钎料时，钎剂可采用 QJ205。

4．铝及铝合金的钎焊

由于铝及铝合金表面氧化物的化学稳定性很强，所以不易清除。因此，在钎焊时应当采用活性极强的钎剂或真空钎焊等方法。

（1）钎料的选择

采用软钎料钎焊铝时，例如用锌基、镉基钎料时，所得到的接头耐腐蚀性较差，强度低。采用硬钎料可以提高接头的耐腐蚀性及强度。

（2）钎剂的选择

常选用磷酸水溶液等。对于铝及铝合金钎焊，应当注意钎焊后必须清除残渣。否则，钎焊接头在使用过程中容易腐蚀破坏。

6.2 钎焊应用

6.2.1 钎焊实例

1．钢管翘式散热器的火焰焊

铜管翘式散热器用于汽车散热，散热器由扁形铜管与铜片焊接而成，工作状况为钢管内通水冷却，翘片用于空冷散热。

（1）钎焊前的准备

① 将黄铜带材表面热浸涂软钎料，钎料为锡铅钎料（HL603）。所用钎剂为氯化锌水溶液，成分为 4.5L 溶液内含氯化锌 3.5kg。黄铜带材表面浸涂钎料的厚度为 0.015～0.025mm。

② 将涂有钎料的黄铜带材绕成管，并切断成规定的长度。

③ 按照散热器图样要求，将管子插入翘片，装配成焊件。间隙为 0.025～0.05mm。

（2）钎焊工艺过程

① 将装配好的焊件浸入上述钎剂中。

② 焊件在炉中（或烘箱中）加热，使钎料熔化填入管子卷边接缝及管子与翘片的间隙中，即完成散热器的软钎焊。

（3）钎焊后清洗

焊件出炉后，在 ω（HCl）2%的热溶液中浸泡、洗涤，去除钎剂残渣。最后用热水洗净焊件。

2．大型铝板换热器的盐浴浸渍钎焊

铝板翘片换热器由于具有传热效率高，结构轻巧紧凑等特点，广泛应用于石油、化工、

制冷、交通、冶金等工业部门，并且逐渐取代铜管式换热器。典型的铝板翅式换热器的钎焊结构是由隔板、波纹板、封条等组成的。其全部材质为 LF21 铝合金。钎料为 HlAlSi7.5，熔化温度范围为 577~612℃。钎料可制成箔状铺放在隔板上，但是较多的情况是采用轧制方法，将钎料复合于隔板上制成双金属板，从而简化装配工艺。

（1）钎焊前的准备

零件先在 ω（Na_2CO_3）=3%~5%，ω（601 洗涤剂）=2%~6%的混合液中去油，然后在 ω（NaOH）=5%~10%的溶液中去除氧化物。用 ω（NHO_3）=20%~40%的溶液进行中和处理。

用流动的清水洗净并烘干零件，在夹具中装配成所要求的结构。外形尺寸为 710mm×750mm×2 100mm，共计 66 层。

将装配好的结构在功率为 150kW 的预热炉中预热（560℃，3h）。预热的目的是提高焊件进入盐浴炉的温度，防止钎剂凝固阻塞焊件通道，缩短钎焊时间。

（2）钎焊工艺过程

预热完毕的焊件立即浸入保持在 615℃的盐浴槽中钎焊。盐液既是导热的介质，把焊件加热到钎焊温度，又是钎焊过程中的钎剂。钎剂成分（质量分数）：KCl 44%，NaCl 12%，LiCl 34%，AlF_3 10%（熔点为 480~520℃）。盐浴槽为电极式盐浴电阻炉，盐浴槽的尺寸为 3 200mm×1 300mm×1 400mm，功率为 250kW。

钎焊时采用三次浸渍工艺。第一次焊件以 30°角左右倾斜浸入，浸入的速度适当慢一些，以利空气排出。待焊件全部进入时，再把焊件放平。保持 4min 以后，焊件从另一端以 30°吊起离开盐浴面，待钎剂大部分排出后，再第二次浸入。如此顺序共进行三次浸渍，浸渍的保持时间是：第一次 4min，第二次 2min，第三次 4min。焊件在盐浴中的加热时间共计 10min。在最后一次倒盐时，应尽量将焊件中的钎剂排尽。

（3）钎焊后的清洗

钎焊完毕，焊件在空气中冷却 90min。待焊件中心温度降至 200~300℃时，即可在沸水中速冷。按顺序清洗，去除钎剂造成的任何痕迹，直到各通道中倒出来的内存水氯离子含量通过"盐迹试验"。

（4）渗漏检验

用热空气干燥。进行渗漏检验时，该换热器的设计压力为 0.6MPa，经检验达到质量要求即可完成制造过程。

6.2.2　安全与防护

1. 炉中钎焊操作安全与防护

炉中钎焊包括气体保护炉中钎焊和真空炉中钎焊两种。

常用的保护气体为氢气、氨气和氮气。氨气、氮气体不能燃烧，使用时比较安全。氢气为易燃易爆气体，使用时要严加注意。防止氢气爆炸的主要措施是加强通风，除氢气炉操作间整体通风外，设备上方要安装局部排风设施，设备启动前必须先通风，定期检查设备和供气管道是否漏气，若发现漏气必须修复后才能使用。氢气炉启动前，应先向炉内充氮气以排除炉内空气，然后通氢气排氮气，绝对禁止直接通氢气排除炉内空气。熄炉时也要先通氮气排氢气，然后才可停炉。密闭氢气炉必须安装防爆装置，氢气炉旁边应常备氮气瓶，当氢气突然中断供气时，应立即通氮气保护炉腔和焊件。

此外，氢气炉操作间内禁止使用明火，电源开关最好用防爆开关，氢气炉接地要良好。真空炉使用安全可靠，操作时要求炉内保持清洁，真空炉停炉不工作时也要抽真空保护，不得泄漏大气。

钎焊完毕后，炉内温度降到 400℃ 以下时才可关闭扩散泵电闸，待扩散泵冷却低于 70℃ 时才可关闭机械泵电源，保证钎焊件在炉腔内部不被氧化。

禁止在真空炉中钎焊含有 Zn，Mg，P，Cd 等易蒸发元素的金属或合金，以保持炉内清洁不受污染。

2. 浸沾钎焊操作安全与防护

浸沾钎焊分为盐浴钎焊和金属浴钎焊两种。它们是将钎焊件局部或整体浸入熔融的盐液或熔态钎料中进行加热和钎焊的方法。浸沾钎焊的优点是加热速度快，生产效率高，液态介质保护焊件不氧化，特别适用于大规模连续性生产。缺点是能源消耗量大，钎焊过程中从熔盐中挥发出大量有害气体，严重污染环境。因此浸沾钎焊操作需要注意人身安全。

3. 盐浴钎焊操作安全与防护

盐浴钎焊时所用的盐类，多含有氯化物、氟化物和氰化物，它们在钎焊加热过程中会严重地挥发出有毒气体。另外，在钎料中又含有挥发性金属，如锌、锡、铅、铋等，这些金属蒸气对人体十分有害，如铋蒸气甚至有剧毒。在软钎焊时，钎剂中所含的有机溶液蒸发出来的气体对人体也十分有害，因此，必须采取有效通风措施进行排除。

另外，在盐浴钎焊过程中，特别重要的是要把浸入盐浴槽中的焊件烘烤得十分干燥，不得在焊件上留有水分，否则当浸入盐浴槽时，瞬间即可产生大量蒸汽，使溶液飞溅，发生剧烈爆炸，造成严重的火灾和烧伤人体。在向盐浴槽中添加钎剂时，也必须事先把钎剂充分烘干，否则也会引发爆炸。

4. 感应钎焊操作安全与防护

目前真空管式高频电源、IGBT 逆变电源都可用于感应钎焊。高频感应加热电源在工作过程中高频电磁场泄漏严重，对周围环境造成严重电磁波污染，主要表现为无线电波干扰和对人员身体健康的危害两个方面，同时污染的强度又和高频电源的功率成正比，所以在进行感应钎焊时，必须对高频电磁场泄漏采取防护措施，以降低对环境和人体的污染，使其达到无害的程度。

高频电磁场对人体的危害主要是引起中枢神经系统的机能障碍和交感神经紧张为主的植物神经失调。主要症状是头昏、头痛、全身无力、疲劳、失眠、健忘、易激动，工作效能低，还有多汗消瘦等症状发生。但是上述机能的障碍，不属于器质性的改变，只要脱离工作现场一段时间，人体即可恢复正常。

采用整体屏蔽，即将高频设备和馈线、感应线圈等都置于屏蔽室内，操作人员在屏蔽室外进行操作。屏蔽室的墙壁一般用铝板、铜板或钢板制成，板厚一般为 1.2～1.5mm。操作时对需要观察的部位可装活动门或开窗口，一般用 40 目（孔径 0.450mm）的铜丝屏蔽活动门或窗口。对于功率较大的高频设备，还可用复合屏蔽的方法增强防护效果。通常是在屏蔽室内将高频变压器和馈线等高频泄漏源先用金属板或双层金属网进行局部屏蔽，为了解决近区装置的发热问题，屏蔽罩需留有适当的缝隙，以切断感应电流，这当然对高频防护是不利的。

为了高频加热设备工作安全，要求安装专用地线，接地电阻要小于 4Ω。而在设备周围，特别是工人操作位置要铺耐压 35kV 的绝缘橡胶板。设备启动操作前，仔细检查冷却水系统，只有当水冷系统工作正常时，才允许通电预热振荡管。

设备检修一般不允许带电操作，如实在需要带电检修，操作者必须穿绝缘鞋，戴绝缘手套，必须另有专人监护。停电检修时，必须切断总电源开关，并用放电棒将各个电容器组放电后，才允许进行检修工作。

6.3 实训项目

1. 实训项目 1（铝波导零件的真空钎焊）

【操作步骤】

（1）钎焊前的准备。

① 零件清洗。在 $\omega(H_2SO_4)=30\%$ 的溶液（80℃）中浸洗，经冷水洗涤后，放入 $\omega(HNO_3)=30\%$ 的溶液中浸洗，最后经过热水洗涤后，用热风干燥。

② 零件装配。将厚度为 0.10mm 的箔状钎料夹在接头间隙内，再把丝状钎料放置在法兰盘上紧贴着波导管。法兰盘与波导管的钎焊间隙为 0.10～0.15mm，所用钎料为含金属活化剂 Mg 的钎料 HlAlSiMg10-1.5（$\omega(Bi)=0.1\%$，熔点为 555～585℃）。

（2）钎焊工艺过程

钎焊设备为冷壁型真空炉，其极限真空度为 $6.67\times10^{-3}Pa$。

① 钎焊时，将装配好的焊件及少量镁块放入钎焊炉中。

② 当炉中真空度抽到 $6.67\times10^{-3}Pa$ 后，调节真空炉的针阀，通入 13.33Pa 压力的流动氩气，并开始加热。

③ 当加热温度到达 550℃时，关闭氩气，并把炉中真空度提高到 $1.33\times10^{-2}Pa$ 以上。焊件到达钎焊温度 610～615℃后，保温 5min，然后停止加热，并通入氩气，加速焊件冷却。

④ 待炉温冷到 100℃以下时，打开炉门取出焊件。

在升温过程中通入低压力的氩气可防止镁金属的过早蒸发。接近钎焊温度后，抽成高真空可最有效地发挥镁蒸气的作用。

2. 实训项目 2（钛-钢零件氩气炉中钎焊）

对于钛与异种金属的连接，钎焊是主要的工艺方法。通常采用真空或氩气保护气氛中钎焊，此时可不使用钎剂。特别是氩气气氛炉中钎焊，设备简单。

钛-钢环钎焊结构是上环为纯钛 TA2，下环为 Q235 钢。钛环加工凹槽，钢环加工凸台，两环要求有适当配合。

【操作步骤】

（1）钎焊前的准备

① 清除零件的边角毛刺及表面氧化物。

② 用丙酮清洗除油。

③ 在凸台旁垫两层 0.10mm 厚的箔片钎料，以控制凸台和凹槽之间的间隙。将 ϕ4mm 丝状钎料放置在凸台上，装配后以夹具夹紧。

（2）钎焊工艺过程

钎焊装置为砂封的充氩箱。充氩箱由进气管、出气管及箱体组成，箱体上有两层盖板及砂封槽。

① 加热炉为 H-75 型箱式电炉，功率为 75kW。

② 焊件装入充氩箱后，预充氩气 45～60min，以便排除箱内空气。

③ 将充氩箱放入炉温保持在 900℃ 的箱式电炉内加热。

④ 焊件达到钎焊温度 800～830℃ 后，保持 20min。

⑤ 氩箱出炉后，降温至 200℃ 以下停止通氩气，打开充氩箱取出焊件。

 思考题 6

1. 钎焊的特点是什么？

2. 钎焊接头主要有哪几类？

3. 感应钎焊对人体的影响主要是什么？

4. 炉中钎焊的主要工艺参数有哪些？

5. 钢管翅式散热器的火焰钎焊操作要点是什么？

6. 钎焊常见缺陷有哪些？产生原因是什么？

参 考 文 献

[1] 中国机械工程学会焊接学会编．焊接手册．北京：机械工业出版社，2007．
[2] 高级电焊工技术编委会编．高级电焊工技术．北京：机械工业出版社，2005．
[3] 徐越兰主编．电焊工实用技术手册．南京：江苏科学技术出版社，2006．
[4] 劳动和社会保障部教材办公室编．电焊工（中级）．北京：机械工业出版社，2004．
[5] 劳动和社会保障部教材办公室编．电焊工（高级）．北京：机械工业出版社，2004．
[6] 陈祝年编．焊接工程师手册（精）．北京：机械工业出版社，2002．
[7] 王长忠编．高级焊工工艺．北京：中国劳动社会保障出版社，2006．
[8] 王长忠编．高级焊工技能训练．北京：中国劳动社会保障出版社，2006．

《焊工技能实训》读者意见反馈表

尊敬的读者：

感谢您购买本书。为了能为您提供更优秀的教材，请您抽出宝贵的时间，将您的意见以下表的方式（可从 http://www.huaxin.edu.cn 下载本调查表）及时告知我们，以改进我们的服务。对采用您的意见进行修订的教材，我们将在该书的前言中进行说明并赠送您样书。

姓名：_____   电话：_____

职业：_____   E-mail：_____

邮编：_____   通信地址：_____

1. 您对本书的总体看法是：
　　□很满意　　　□比较满意　　　□尚可　　□不太满意　　□不满意

2. 您对本书的结构（章节）：□满意　□不满意　　改进意见_____
_____
_____

3. 您对本书的例题：　　□满意　　□不满意　　改进意见_____
_____
_____

4. 您对本书的习题：　　□满意　　□不满意　　改进意见_____
_____
_____

5. 您对本书的实例：　　□满意　　□不满意　　改进意见_____
_____
_____

6. 您对本书其他的改进意见：
_____
_____
_____

7. 您感兴趣或希望增加的教材选题是：
_____
_____
_____

请寄：100036　北京市万寿路 173 信箱高等职业教育分社　收

电话：010-88254565　　　E-mail：gaozhi@phei.com.cn